"中国现当代名家散文典藏"编辑委员会

主　任：阎晶明

副主任：丁　帆

委　员（以姓氏笔画为序）：

　　　　止　庵　孔令燕　何　平　何向阳

　　　　李红强　张　莉　周立民　施战军

　　　　贺绍俊　臧永清

中国现当代
名家散文
典藏

毕飞宇散文

人民文学出版社

图书在版编目（CIP）数据

毕飞宇散文/毕飞宇著. --北京：人民文学出版社，2024
（中国现当代名家散文典藏）
ISBN 978-7-02-018429-3

Ⅰ.①毕… Ⅱ.①毕… Ⅲ.①散文集—中国—当代 Ⅳ.①I267

中国国家版本馆CIP数据核字（2024）第008199号

责任编辑　黄彦博
装帧设计　陶　雷
责任印制　张　娜

出版发行　人民文学出版社
社　　址　北京市朝内大街166号
邮政编码　100705

印　　刷　河北环京美印刷有限公司
经　　销　全国新华书店等

字　　数　169千字
开　　本　880毫米×1230毫米　1/32
印　　张　7.75　插页3
印　　数　1—5000
版　　次　2024年4月北京第1版
印　　次　2024年4月第1次印刷

书　　号　978-7-02-018429-3
定　　价　39.00元

如有印装质量问题，请与本社图书销售中心调换。电话：010-65233595

作者像

出版缘起

中国现代文学开启自一百多年前的一场文学革命。从此,与社会现实密切相关,普通大众可以接受、可以欣赏、可以从中得到思想启蒙和艺术享受的新文学,就如雨后春笋般生长,涌现出一篇又一篇、一部又一部影响当时、传之久远的经典作品。自"五四"新文学以来的中国现当代文学发展进程中,散文无疑是耀人眼目的明星。

散文既能直抒胸臆,又能描摹万物,因此被视为自由多样的文体;散文语言贴近日常,最易触动人们的情感,可以直接地陶冶人们的心灵。这也是经典散文被誉为美文、拥有广泛读者、历经岁月更迭仍让人捧读的原因。百余年来的中国现当代散文创作云蒸霞蔚,已莽莽如浩瀚的文学森林,人们若贸然闯入这片森林之中,时有乱花迷眼、茫然难辨之困扰。为了让广大喜爱散文的读者能够更迅捷地读到中国现当代散文的经典性作品,我们精心编选了这套"中国现当代名家散文典藏"丛书。本丛书编选过程中,我们邀请了文学界的专家学者组成编委会,在认真商讨的基础上,汇集、编选了20世纪以来中国现当代散文史上的名家、名作。目的就是方便广大读者感受散文经典的艺术魅力,有利于集中欣赏、比较阅读、收藏,以及进行相关研究。

在研究、讨论过程中,编委会形成了经典性的编选宗旨。卷帙浩繁的现当代散文作品中，以经典作家、经典作品的筛选为编选原则，是为读者提供阅读便利的需要，也是为百余年散文创作所做的某种回顾和总结。我们深知，任何一部文学经典都并非一蹴而就，也非任由某个权威命名而成，文学经典是经过时间的淘洗，经受了社会和读者等各个方面的考验，自然形成的。这个淘洗和考验的过程就是一部文学作品被经典化的过程。经典，是经典化过程的结晶。中国现代文学是中国当代文学的前身，当代文学是活在我们身边的文学，这是一件非常有趣的事，因为这样一来，我们也许就能亲眼看到一部文学作品是如何诞生的，又是如何引起社会的热议、得到不断深入阐释的，我们对一部当代散文的喜爱，往往也是在这一过程中不断地得以强化。经典便是在这样不断被阅读、被热议、被阐释的过程中得到人们的广泛肯定从而成为大家公认的经典。当我们要编选一套现当代散文经典的丛书时，就应该考虑到当代文学的这一特点，要意识到当代文学的经典并不是凝固不变的，它仍处在不断丰富和不断成熟的经典化过程之中。这就确定了我们的基本编辑思路，即我们自觉地将"中国现当代名家散文典藏"的编选和出版，视为参与到现当代散文的经典化过程的一次积极行动。经典化，为我们的编选打通了一条通往经典性的最佳通道。我们从经典化的角度来审视现当代散文，就要更强调发展和辩证的眼光，更需要发现和辨析那些正在茁壮生长中的新现象和新作品；这也提醒我们，在经典标准的确认上不能墨守成规。我们既要关注作为文学史的经典，同时又要更看重历经岁月变幻始终在广大读者中拥有良好口碑的作品。我们认为，读者是经典化过程中不可忽视的参与者，因此也希望这次"中国现当代名家散文典藏"的编选和出版，能够为广大读者参与到现当代散文经典化进程中来提供一次良好的机会。

经典化的编选思路,自然决定了这套丛书有另一特征:开放性。中国现当代文学作为活在我们身边的文学,这就意味着它是一种具有旺盛生命力的,仍在茁壮生长的文学。回望过去的一百余年,现当代散文已经产生了不少的经典性作品;凝视当下的现实,仍有许多正行走在经典化道路上的优秀作品;放眼未来,我们相信,将会有更多的经典脱颖而出。我们这套散文典藏丛书不光要"回望",而且还要有"凝视"和"放眼",也就是说,我们不光要推出已有定论的经典性作品,而且还要把那些正行走在经典化道路上的,以及刚刚萌芽即将脱颖而出的优秀作品也纳入丛书的视野,因此我们必须采取开放性的编选方针。我们不是一次性地编选数十本书就宣布大功告成了,我们还要在此基础上继续延伸下去,把在经典化进程中逐渐成熟了的作家和作品吸纳进来,作为系列丛书、长期工作、"长河"计划而接连不断地出版下去。

本丛书编辑过程中,坚持优中选优原则,同时也充分尊重作家意愿和相关版权要求。在编辑"中国现当代名家散文典藏"过程中,由于版权限制等因素,使得一些名家名作还没有如期纳入丛书当中,我们也将努力创造条件,争取将更多的优秀散文佳作奉献给读者,以呈现中国现当代散文创作的整体成就和总体风貌。

感谢广大作家的支持,感谢广大读者的厚爱。

人民文学出版社
"中国现当代名家散文典藏"编辑委员会

目 录

1	导读
1	人类的动物园
14	三十以前
17	我也有点儿说不上来
20	永别了,弹弓
23	文人的青春——文人的病
30	写满字的空间是美丽的
32	在哪里写作
35	谈艺五则
39	我家的猫和老鼠
42	我们身上的"鬼"
43	我描写过的女人们
49	卡夫卡出生在布拉格
53	自述
58	行为与解放
61	厨房里的春节

63	文学的拐杖
78	找出故事里的高粱酒
86	你没有发过一个孤儿的财
89	我有一个白日梦
94	我能给你的只有一声吆喝
97	货真价实的古典主义
104	手机的语言
107	《推拿》的一点题外话
113	情感是写作最大的诱因
115	记忆是不可靠的
119	好看的忧伤
123	几次记忆深刻的写作
131	谁也不能哭出来
137	恰当的年纪
140	外部不停地在建，内心不停地在拆迁
145	《平原》的一些题外话
158	我和我的小说
161	地域文化的价值倾向
165	中篇小说的"合法性"
168	歌唱生涯
175	飞越密西西比
182	画面与真实

187　《朗读者》,一本没有让我流泪的书

191　我的野球史

195　这是乡愁么？当然不是

198　向高贵的生命致敬

201　李敬泽:从"看来看去"到"青鸟故事"

209　我的阅读从仰望星空开始

213　我们是改革开放的成果

217　阿多尼斯的朗诵会

220　艰难的酒事

导 读

对于写作者而言，选择一种文体，就是选择一种生活方式，乃至于亮明了他们对世界的态度。从这个意义上说，我愿意将小说家看成是丛林里的猎人。端着叙事这把猎枪，他们狡黠地游走在密林蔽日的深处，声东击西、围魏救赵、调虎离山、避实就虚……他们懂得在如何掩盖自身踪迹的同时，准确命中那头奔跑的叫"真实"的猎物。俗话说，听话听音，锣鼓听声，听一个小说家讲故事，是有那么几分踏雪寻梅的意思的。

现在，《玉米》《青衣》《平原》《推拿》《欢迎来到人间》的作者、小说家毕飞宇，正从文本的丛林里大踏步走出来。他决心敞开自我，径直面向你我，元气淋漓地说，口若悬河地说，滔滔不绝地说，就像隔壁宿舍的兄弟，两瓶"小二"下去，突然有了诉平生的冲动与渴望，此刻夜正好，月正明，烟火人间中有浩茫天涯。

这不是件容易的事——小说家习惯了在叙事背后藏匿自我。然而，要我说，对于读者，这是天大的幸事。我们得以将小说后面的作家请出来，与散文中自呈心事的毕飞宇推杯换盏，共剪西窗烛。文字，充满诚意的文字是认识一个人最好的途径。我们就这样认识了毕飞宇。也许在现实里我们并不熟络，但是在文字里通过滴血认亲，我们早就成了血脉相连的亲人。

那么，我们的兄长、我们的亲人毕飞宇究竟是怎样的一个人？

他在苏北乡村度过了童年，然后将少年漫长的时光印在了水乡小镇。小时候在他的记忆里是孤独的。一个孩童的孤独，被中国乡村特有的味道浸染过，酿就了生命的底色，也蕴藏着表达的冲动。似乎，他不大喜欢水乡的阴郁，更留恋在平原的好时候，原因无他，平坦、辽阔、自由、光风霁月一直是他所愿，一如他的为人。他对生活充满了好奇，常常兴致勃勃地尝试各种各样有趣的事。比如，在二十六岁的"高龄"，他突然迷上了唱歌，不惜拜师学艺，走着走着路，"也会突然撂出一嗓子"，就像一只"百灵鸟"。想象一个年轻人，一边走夜路一边旁若无人地歌唱，这情态该是多么动人呵。再比如，在爱荷华的日子，他竟然在全无"前史"的情形下开起飞机来，这摇摇晃晃的飞机啊，一会儿在密西西比河的左岸，一会儿在右岸，就像我们腔子快要跳出来的心。试问，我们中的谁有这般勇气，谁又能听从心的召唤一头撞进生活的怀抱里？他是个球迷，自己也踢球，号称"野球很丑，全凭速度和体能。野球是一种丛林的足球"，反过来，他又说，"但'丛林足球'也许更文明"。他不喝酒，尽管羡慕酒席上的枭雄，但是他恐惧酒，也恐惧酒席，恐惧那一大片无法自持的喧嚣。说到底，这还是因为，他有一股子任侠尚气的少年气，既天真又无畏，既果敢又慈悲。

是的，这就是毕飞宇，他和我们那么近，他的所思所想、一言一行就在我们的经验以内，仿佛可以伸手捞月；他又是宽阔、丰饶、辽远的，他比我们，甚至比他自己想象的都要远，在云起时，在水穷处，在野渡无人的旷野。有时候，他是理性的、自洽的——他有着非人的自制力，更多的时候，无数个毕飞宇在打架，狂暴的非理性意欲挣脱那个理性的框子，绝尘而去，正如无数把的声音像烟花一样，呼啸着冲向神秘而虚无的夜空，绽放成一朵朵混乱而绚烂的花。

然后呢？这浩大的拔尘而去的种种竟然又落了下来，凝定在一根细小的针尖上。这根针叫小说。于是，我们确信，那令人眼花缭乱的一切，竟然都是为小说而准备的。此时怀抱向谁开？那还用说嘛，当然是小说，也只有小说。

毕飞宇向我们有力地证明了一个小说家首先是一个好读者。一遇到好小说，他简直是见猎心喜。他喜欢《红楼梦》，喜欢鲁迅，喜欢加缪的《局外人》、昆德拉的《无知》、施林克的《朗读者》……这个名单可以开很长。嗯，他居然还喜欢莫言！你知道的，写作者其实不大提自己同代作家的，他们既不肯批评同行，以免落得个"文人相轻"的名声，也不肯对别人，也对自己承认同代作家的好。沉默就是了。毕飞宇偏不。他大大方方地评述，他说："余华是收着的，我们可以清晰地听到余华的鼻息。我们完全有理由把余华看作东方的加缪。苏童却是扩张的，但他的扩张却来得有点蹊跷，他喜欢在'湿度'上纠缠。"那么莫言呢？他兴高采烈地说:"我第一次阅读莫言的时候产生了一个令我战栗的念头,也许还是一个令我不好意思的念头——莫言的小说是我写的!这些小说之所以是莫言的,他只是比我抢先了一步。"这就是少年的心性和气魄啊——好就是好,好的甚至就像是我的。这些,其实都在他的《小说课》里得到了验证。顺便说一句,作为一部小说家无心插下的文论,大部分人都认为比评论家写得好。作为一个评论家,虽不情愿我也不得不承认确实是好。好在哪儿呢?好就好在他有锋利无比的直觉,这直觉带领他绕过种种表象、幻象,直抵核心;好就好在他敢于将直觉炼成金光闪闪的剑,十步杀一人,千里不留行。比如,他这么说:"莫言所谓的'外面的世界'并不是外面的世界,而是他'内部的世界':'我们'残忍。我们在肢解,在破坏,在撕咬这个世界。他让这个世界璀璨是假的。他让这个世界斑斓是假的。两句话,他让这个世界热烈也是假的。他的目标是破碎。为了让破碎来得更野蛮,更暴戾,他让这个世界光彩夺目,他让这个世界弥漫着瓷器的华光,那是易碎的前兆。"这话,给我一千个才华我也说不出来,他说了,我想了想,确实是这么回事。不仅是这么回事,他还说明白了小说是怎么回事,这个世界是怎么回事。

除了做一个漫卷诗书的读者以外,他还是一个勤勉的农人。他描述过他写作的情景:万籁俱寂的时刻,所有的风吹草动都栩栩如生,在简陋的小屋里,他不知疲倦地写,"不吃,不睡,左手一支烟,右手一支笔,全身心地投入，无中生有地折腾我自己"。这情形颇有点像老农，躬身于田亩之上，细心呵护泥土之下尚未萌芽的种子。劳作这件事情，在任何行当都是相通的。他也像老农一样珍爱自己的劳动果实。婉怡、筱燕秋、慧嫂、林瑶，这些从他小说田地里长出来的人物，是他最亲最爱的人。即使小说已经完成，他仍然舍不得放下他们。他一次次把他们召唤出来，和他们相濡以沫。真好啊，一个人创造了一群人，反过来，他又被他们所创造。从这个意义上说，我嫉妒小说家，他拥有一个远比我们的日常世界更丰富的世界。

更令人嫉妒的是，如果足够虔诚，他们还会遭遇两个世界合二为一的时刻。毕飞宇就记录下了这个时刻。他说，他在写拔牙的时候不知为何突然害怕了。他没有解释为什么，我只能说，当一个创造者所创造的世界过于真实的时候，这个世界的逻辑会冲出来，侵入到物理的世界中。对此，毕飞宇只能朴素地说，"我感受到了一种十分怪异和十分鬼魅的力量"。当两个世界相撞的时候，"四五条闪闪发光的蛇在玻璃上蠕动——它是闪电。随后，一个巨大的响雷在我的头顶炸开了"。在我看来，这几乎是一个神谕的时刻，是一个创造者感受到另一个创造者存在的时刻，甚至是一个毁灭的时刻。

这就看出为什么毕飞宇会与小说性命相托了。这根针虽然细，却是能戳破庞然大物的。毕飞宇和他的同道们，天生就是怀疑主义者，他们怀疑一切的成规，怀疑一切的庞然大物、一切的固若金汤，他们甚至怀疑自己。如果说怀疑主义者还有什么可以信任的，那也只有小说了。小说是怀疑主义者的那根金针、那点信、那点无中生有。

　　脚下，就是奔向沙漠中海市蜃楼的隐秘小径。

岳　雯

2023 年 10 月

人类的动物园

一

每个城市有每个城市的动物园。"动物园"这个概念本身就隐含了"城市"这个概念的部分属性。狩猎文明与农业文明是产生不了"动物园"一说的,工业文明出现了,人类便有了自己的动物园。

动物园的出现标志了人类对地球生命的最后胜利。人类终于可以挎上相机、挽上情人的手臂漫步狮身虎影之前了。人类从来没有这么自信过,敢用食指指着狗熊批评它的长相,敢和雄狮对视龇着牙做个鬼脸;人类也从来没有这么潇洒过,轻易地对鳄鱼扔一只烟头,对假睡的老虎吐一口唾沫。人类对凶猛动物的敬畏原先可是了不得的,诸如"老虎的屁股""吃了豹子胆""河东狮吼"都是动物留给我们人类的最初惊恐。这些话如今只剩了"比喻"意义。武松要活着,也不至于披红戴绿了吧。人类总能把自己恐惧的东西打翻在地,再踏上一只脚。人类就是这样伟大。要是世上真的有上帝,他老人家现在一定在笼子里了。

这样一想我便害怕,"九天揽月""五洋捉鳖"之后,人类的敌手又将是谁呢?抑或,万一哪里的猴子吃错了药,进化得比人更厉害,我们要关到怎样的笼子里去?

我读过几部关于动物的书。在许多这样的科学读物里,都有动物"作用"的介绍。而这样的"作用"又是以人的需求为前提的。

比如说，一提起犀牛，便是："肉可食、皮可制革，角坚硬，可以入药，有强心、清热、解毒、止血之功效。"至于老虎，更是了不得，就是那根虎鞭，也足以抵当一卡车"东方一枝刘"。从这个意义上说，人类的每一员对动物世界的习惯心态都是帝王式的，为我所领、为我所用。而一旦动物们以"人"的姿态进入我们的精神世界时，三岁的孩子都知道，那只是"童话"。假的。成人是没有童话的。你要自以为是一只兔子，喊狐狸一声"姐姐"，世界人民都会拿你当疯子。人类可是有尊严的，在动物面前个个都是真龙天子。完全可以这样说：动物园时代开辟了动物的奴隶主义时代。

二

说到这里很自然地要写到三样动物：狗、猫、猪。我之所以要提及这三位先生，是因为我的一个发现：所有的动物园里，几乎都没有他们（是他们，不是它们——宇注）的身影，即使有，也是轻描淡写，一笔而过。究其原因，是他们的"家常"，即通了人性。先说狗。狗的口碑并不好，是谓"小人"也。"狗眼看人低""狗腿子""狗娘养的""狗尾巴"都已经"人格"化了。然而人类爱狗，狗乃人类一宠物也。何故？他是通了人性的。狗的"似人非人"满足了人类"主子"的思想与"奴才"的思想的矛盾需要。张承志先生在一篇文章里非常诗意地论述过狗思想与狗精神。我读了几乎热泪盈眶起来。我一冲动，差一点说出"我要做狗"这样的话。我甚至觉得我们这个民族之所以落后于日本民族，正是由于缺少了某种思想与精神。后来我终于没有这样喊，我似乎弄通了一个参照：狗之可贵，也是对人之需要而立的，有了这个参照，狗才可敬可爱起来，失却了这个参照，便是瞎激动。我们人类既然已经做了君主，就得有点君主的样，要不然，狗会伤心，也会批评我们，说我们"为君不尊"。

其实，要真正让我做狗，我还是乐意的。甚至我会努力做一条好一点的狗。但好狗是有标准的，就是决不学人样。狗的不幸是学了人，且通了人性。这真是狗的大不幸。人类的精明之处在于不让狗做真正的狗。让狗有点人模，同时又还是狗样。人类用一块骨头或一只肉包使狗渐次"异化"，终于落到"狗不狗、人不人"。我个人认为，"人不人狗不狗"，这句古语蕴藏了人对真正狗性的尊重，狗后来之所以下三流，在其"不狗"之上。狗在这一点上不如狼的坚决。人类之所以不能蔑视狼，是狼有自己的原则：不给我骨头我吃人，给我骨头我同样吃人。狼这么恶狠狠地一路吃下去，人类只能远之。狼总是对人类说：在上帝面前，我们的灵魂是平等的。也许正因为这一点，动物园里最焦躁不安的就是狼，他总是来回走动，想着他的千秋宏愿、未竟事业，胸中汹涌万顷波涛。我每次见到狼都郁闷难平。

猫要下流得多。我几乎不想提这个东西。她泪汪汪的大眼和满嘴胡须简直莫名其妙。她小心翼翼的小姐模样、躲在角落里打量人的姿态、眯起眼睛弓了腰，体贴主人的抚摸触觉的努力，都标示了她的猥琐。猫的最大特点在其腰板上，猫的腰板那样没骨力还背了个脊椎动物的名，真是讨了大便宜。但谁又计较她呢？猫的不怕摔打可能是另一种天赋，一跤之后，她总能站得稳，立场坚定，四爪朝下。可不知道怎么回事，猫站得愈稳，我愈觉得恶心。站得那么稳还要看狗的脸色，不如摔死了省事。

关于猪，我想说它是一种植物。长满肉，随农夫宰割。或者我想这样说，它是一种会走路的肉。人类用几千年心血教它做奴才，它就是连这点心智也没有，只能把它杀掉。猪是唯一在杀戮时得不到同情和尊重的生命。生得肮脏，死得无聊。作为生命，猪是一个失败的例子。

三

现在让我们真正来到动物园，来到那些被称作"动物"的世界去。我是爱逛动物园的，有时带着妻子，但大多独步而行。我的心中碰上大波动是不肯坐咖啡屋的。于我而言，动物园是平静风火浮躁、产生感觉与思想的地方。我到许多城市都要先去动物园。有动物园垫底，什么样的人我全能对付——这只是一句笑话罢了，我的的确确是爱走走动物园的。

就个体生命力而言，人类只能属中等水平。人类最终能按自己的逻辑摆布世界，这实在是一件不逻辑的事。康德对人类的秩序曾有过热情洋溢的赞美，人类给定了宇宙一个法律，宇宙似乎真的执行了这一法律，康大人一定高兴坏了。狮、豹、虎、熊、狼，谁的"腕儿"不比人大？谁的"交椅"没有人高？上帝就是把世界给了人类。我注意过上述动物在铁笼子里的眼睛，他们无限茫然。他们弄不明白上帝一不小心，小丑怎么就成了主宰生灵的英雄了。莎士比亚毫不自谦地说，人类是"宇宙的精华、万物的灵长"，狮子们当然是知道莎士比亚的这句话的，他们嗤之以鼻，死不认账。然而，历史只认成败。这是历史的小气处。

优势的大逆转在两个字上：琢磨。

动物们不注重上帝的心思，而人类爱琢磨宇宙里所有的举手投足。人类知道自己想要做什么，便有了目的；人类明了怎样才能达到目的，便看见了规律。有了目的，把握了规律，人类的身影在地平线上慢慢变得巨大。一支麻药，一个陷阱，猎豹的矫健身躯倒下去了，黑熊的粗硕个头塌下来了。四两拨千斤、以毒攻毒……动物世界节节败退。人类，这个上帝的平庸之子，开始在世界微笑了。人类牙齿的洁白光辉标志了他对世界的占领。就像西方寓言里老猎人对狐狸说的那样：任你满身灰毛，但见我白发苍苍。"白发苍苍"显示了人类在"琢磨"上的多大耐心与功力！动物们失败了，他们在囚笼里追忆逝水年华与失却的天堂。"雕栏玉砌应犹在，只是朱颜改。问君能有几多愁？恰似一江春水向东流。"

悲夫！"昔日横空莽昆仑"，平阳狮落遭人欺。

站在动物园里，我时常想，如果没有人类，世界的主人到底会是谁呢？或者说，如果上帝再给所有动物一次机会，谁是世界最后的"秦始皇"呢？

我看好狮子。

这里头当然有我对狮子的偏爱，但更多的是一种哲学推论。我注意过古埃及人的图腾意识，他们的"狮身人面"像给了我极大的困惑。根据我的理解，"狮身人面"这个汉字翻译是成问题的，而应当是"狮身人头"。古埃及人在尼罗河畔、金字塔下、黄土之上对生命的理想格局一定是绝望的。"狮身人面"说明了他们矛盾的心态。这种绝望心态给了他们极大的勇敢的想象：人类的理性精神+狮子的体魄=理想生命，只有这个生命方能与"自然"打个平手。这样的想象结果是苍凉的、诗意的，是哲学的，也是美学的。

然而，就狮子自身而言，他蔑视"智能"。狮子对自己身体的自信与自负使他视智力为雕虫。狮子的目光说明了这一点。我常与狮子对视。从他那里,我看得见生命的崇高与静穆,也看得见生命的尊严与悲凉。与狮子对视时我时常心绪浩茫、酸楚万分,有时竟潸然泪下。我承认我害怕狮子。即使隔了栏杆我依旧不寒而栗。他的目光使我不敢长久对视。那种沉静的威严在铁栏杆的那头似浩瀚的夜宇宙。那种极强健的生命力在囹圄之中依然能将我的心灵打得粉碎。我没遇见过狮吼和狮子发威。他就那样平平常常地看你一眼,也胜得过千犬吠、万狼嚎。我意识到这是不公正的,不"民主"的,但民主似乎并不见得是生命力的平均。

狮子是离上帝最近的一种动物。狮子的表情一定正是上帝的表情。狮子的眼睛里一定有上帝的精神内涵,谁能与狮子对视,谁就在接近上帝。问题是,有哪一种生命能与狮子对视呢?在狮子面前,所有的生命只能做一件事:转过身去,然后,撒腿狂奔。

人类就是这样离上帝远去的,不少动物都是在逃跑中建立起了自己生命的特征。上帝一定无可奈何死了。生命世界就这么一个窝囊相。

四

我注意过以狮子为代表的高级动物和以蚂蚁为代表的低级动物的区别。生命的高级与否往往取决于一点:有无孤寂感。越高级的动物往往越孤寂,同样,越低能的动物则越喧闹。高级动物们都有一种懒散、冷漠、孤傲的步行动态,都有一双厌世不群的冰冷目光。他们无视世界的接受与理解,只在懒洋洋的徜徉中再懒洋洋地回回头,看过自己留给苍茫大地的踪迹,他们便安静地沉默了。他们的沉痛与苦楚都是隐蔽的,他们的喧哗与欢愉也是静悄悄的。这种沉默可能来自他们涉足过的广袤空间。巨大的空间感是易于造就巨大的孤寂感的。在孤寂里,生命往往更能有效地体验生命自身与世界。我知道这世上并没有鲲鹏,我所知道的这种动物是从庄子的《逍遥游》里得到的。"背若泰山,翼若垂天之云,抟扶摇羊角而上者九万里,绝云气,负青天,然后图南,且适南冥也。"可以想见,在九万里青天之上,鲲鹏展翼而飞,将是怎样的大孤独大自在与大逍遥。谁能知道他的精神空间呢?不知道为什么,我每次读《庄子》,得到的不是彻悟、"看透了",而是苍凉与酸楚。世界是那样地不可企及,就连庄子这样的巨哲,也只能借想象中的鲲鹏而逍遥一番,可见逍遥是多么困难。而今大街上满是"何不潇洒走一回",真是浮躁得了得。

蚂蚁就是能闹。我想许多人都是爱看蚂蚁"走穴"的。为了一粒米、一块肉屑、一只苍蝇的尸,蚂蚁出动了成千上万的部队,他们热情澎湃,万众欢呼,群情激奋,汹涌而上,汹涌而退。我时常在观察蚂蚁时失却了世界。蚂蚁辛勤的一生让人肃然起敬,又让人可悲可叹。我时常出于同情,给蚂蚁王国送去一大碗米饭。我想,那可以给他们的国家用好几年了。但是不行。蚂蚁就是那种忙碌猥琐的品格,这种品格决定了他们的生存。没有了那种让人难忍的品格,蚂蚁就不存在了。他们勤劳而又安居乐业,他们为此而充实而幸福,我们又何必硬要同情幸福者什么呢?

和蚂蚁是不能谈哲学的。有一个夏日午后我把一群蚂蚁放到一只乒乓球上,我不停地转动小球,蚂蚁就那样用功地"长征"了一个上午。我想,蚂蚁一定在说:啊,地球是多么巨大!我敢打赌,说这话的蚂蚁是最智慧的一只蚂蚁,相当于一个"诗蚂蚁"吧。

说到这里极易产生出这样一种误会，以为动物的高级与否决定于他们的体积。其实未必，与动物的自身的气质习惯相比较，体积实在是次要的，虽然体积提供了更多的能量。比如说熊，我便不太喜爱，这也是个缺乏孤寂感的家伙，行为怪，心气漂浮，由于积了一身好力气，便有些像做打手而爆发的那一类，手持大哥大，腆了大肚皮，整天喷着酒气，横行霸道，凶残无礼。处处可见四肢发达大脑简单的蠢样。在动物园里，熊是受戏弄较多的一族。熊在动物里属于那种为长不尊的典型。这委实也受制于熊自身的品格了。

五

我从赵忠祥先生解说的专题片《动物世界》里发现这样一个现象：弱小生命之间往往是相互同情的，互为因果、相依为命的；强大生命之间则是另一种景象，他们之间彼此都很克制，懂得尊重与忍让。我注意到非洲草原上猎豹与雄狮的和睦相处。他们井水不犯河水的安详画面让我感动。猎豹在一边怀旧，而狮子则享受着自己的天伦之乐。这对"一山容不得二虎"是一种嘲弄。这是强大生命之间表现出的一种真正自信。这样的自信是上帝赋予的，没有任何装腔作势，故而平静如水。比较起来人类与狗就小家子气多了，胆子越小的狗就越会叫，自卑的人类则喜欢端了一副架子，放不下。其实，生命的自信是这个世上平静的根源，只要有一方对自己没把握了，世上就有了阴谋与战争。越是担心被对方吃掉，越是想一口吃掉对方，而且吃得不光明、不磊落，即使衔了敌手的尸，也要躲进丛林里去。等吃完了死尸，才敢弄出一副王者的模样来，舔舔唇边的血迹，踱着四方步，对夕阳款款而行。

我觉得动物间的这种等级差别是极有意味的。等级其实正是秩序。它展示出来的恰恰是强、弱之间的力量落差。有了这个落差，弱者的同情与强者的礼让显得太局限了，永恒的生动的画面是：吃与被吃。

六

在这里我想提及另一类动物，牛、马、驴、骡。这几位朋友我想分开来提及，当然是出于他们与我们人类的特殊关系。这几位朋友中，我对驴的感受是特别深厚的。所有有眼睛的生命中，驴的眼睛是最动人的。我读大学时最常做的事就是看驴眼。驴的眼睛光润而又忧郁，他注视远方的凝神模样完全是一位抒情诗人。但我从来听不见驴倾诉什么。罗曼·罗兰说，许多不幸的天才缺乏表达能力，把他们沉思默想得来的思想带到坟墓里去了。我认为罗曼·罗兰这话完全是为驴说的。和驴对视时常让我双眼湿润。在我读大学的最后一个初夏，我正经历着人生的第一个关口。那是我的灵魂极其苦痛的日子。我不得不逃课，一个人在校园内外四处走动。就在这个初夏，我的大学校园突然出现了许多驴，他们是为一个高大建筑物拖运砖木的。驴的眼睛很吸引了我，我是怀着一股崇敬端坐在驴面前的。驴的眼睛太美了，超凡脱俗，典雅清澈，闲静时似妖花照水，眨眼时似弱柳扶风。完全是产生大思想的样。驴就那样伤心郁闷地望着我，对我寄托了无限希望与重托。我从驴的眼睛里看见了拯救、启蒙等伟大话题。这样痛苦的对视持续了十多天。我想我快发疯了。人也瘦下去。但驴就是不开口，甚至不给我任何暗示。我一遍又一遍在心里问：驴，你忧郁什么？你痛苦什么？驴眼就是阴天那样不语。驴留给我心灵的创伤是巨大的，至今不能愈合。我总觉得我至今有一种境界没有领悟，有一种情感没有体验，有一种心灵震颤没有经历，有一种使命没有完成。而这些不是我的大学图书馆留给我的，是一群驴。我怎么也弄不通长了这样聪慧眼睛的动物为什么会被人类说成"蠢驴"。人类真是太蠢了。我觉得我们应当好好研究研究驴，甚至可以建立一门新兴的"驴学"学科，没准儿"一不小心"便会弄出个相对论或哥德巴赫猜想来。谁知道呢。

下面当然就要说到骡子。骡子是带有喜剧色彩与悲剧意味的东西。这东西相当怪。谁都知道骡子是个杂种，是马与驴的杂交结果。有一点是完全可以肯定的，骡子不能生育后代。依照逻辑，骡子似乎是（似乎是——宇注）不该有性别和性欲这两样伟大事物的。这样说来，骡子到底算不算是动物就很让人头疼。一个有血有肉的种类居然没有生育能力而存活在世上，委实滑稽到了荒唐的地步。太好笑了。一个在种上没有延续能力，一个在类上没有列祖列宗，却能在世上永垂不朽下去，骡子真是旷世奇才。不过，我至今没在动物园里见过骡子。是共同疏忽，还是从来就没人拿骡子当"动物"？我个人以为，这个话题蛮有意思。

七

听说，仅仅是听说，不少国家——津巴布韦、坦桑尼亚等——是有"国家动物园"的。国家动物园的玩法和城市动物园的玩法有一同一异。同，都是看动物；异，方法是相反的，一个是动物在笼子里，一个是人在笼子里。如果这个"听说"是成立的，"国家动物园"就太反讽了。虽然这种玩法很新鲜，也很刺激。

　　主与客的位置变化，看与被看的心理逆转，是我们能够面对与承受的吗？这句话换一种说法就牵扯到自由上去了，万一人类没有自由了，也能指望动物们建立一支"绿党"吗？关于自由，放在这里讨论可能更惊心动魄些。人类给予人类自由与不给予人类自由，早就闹了不少话题，当人类一旦从属于动物之下时，人类——所有的人，对自由的看法会不同的吧。由此可不可以这样说呢，当人们意识到自由之可贵时，其实我们离笼子就远了。笼子意味着空间的失去。而没有空间的时间，是多么可怕、恐怖！所以人类发明了监狱，剥夺你的空间，只给你时间，以此达到惩罚和净化。这时的时间是无比狰狞的，虽然人人都求长寿，活到百岁是每个人的奢愿，可又有谁愿意听到"有期徒刑一百年"呢？完全可以设想，当人类处在动物的笼中时，人类一定会干脆连时间也不要的，一死了之了。幸好人类终究没有成为笼子里的尤物。不过我们别忙欢呼我们的胜利，动物的"想干而没敢干"的事，没准儿人类自己会那么做。人类"一不小心"就会做出使自己目瞪口呆的事。我很担心伟人们的"一不小心"。魔鬼还不是上帝"一不小心"给弄出来的。就算人类不这样作践自己，把自己放进笼子，我也很为我们的未来担忧。有句话是怎么说的，"三十年河东，三十年河西"，到时候谁还弄得清哪里是笼子东、哪里是笼子西？夜里睡不着觉哩。没准儿一觉醒来，动物们正在我的铁窗外头，夹着烟、挎着BP机、留着对分头、满嘴狼言狐语、谈笑风生地一路走过去，那真是辱煞列祖列宗也！那时候我们总不至于蹲在笼子里，无记名选举"笼长"吧？

　　然而，我倒是希望我们的国土上能有一座"国家动物园"，从

"国家动物园"里走一遭的人,应该都能成为真正的人。至少,能知道人类的今天还是有点乐趣的。这么说吧,上帝既让我们做人,上帝既拿我们当作"人"看,总得对得起上帝吧。我这样说当然没有"人类沙文主义"的意思,就像我说"我要做一条好狗"一样,既做了人,就该做得有点人样。人的模样、狗的嘴脸、狼心驴肺、鸡脖子鸭爪,也太不是东西了吧。让上帝见了也吓昏了头,总不太厚道。就我个人而言,投了"人胎"是没有自豪的,既做之,则安之吧。我最听不进的便是拿"当牛做马"以示自谦的一说,牛和马要不碰上人,日子差不了哪里去吧,哪里就不如人的呢?人类真是自大惯了,骂自己都不会骂了。说到底"国家动物园"是用得着的,比读一回博士来得管用。

八

该说的其实都说了。为了弄点所谓的"深度",不妨玩一回深沉,也"思考"一把。弄不好也"一不小心"弄出一部启示录来。

我们人类总爱说这样一句话:"地球,我们的家园。"这话气派的确大,三下五除二就冲出院墙国界,直指地球。不过地球委实不独是我们人类的。没准儿有人说,人类这么多人,地球不给我们,还能给谁?这话差大了。地球上蚂蚁有多少?麻雀有多少?苍蝇、蚊子又有多少?人家也没拿地球当家私。我不是共产党人,不过我委实是一个地球共产主义者,大家都在地球上混,玩玩罢了,有什么必要独吞?

人类对其他生命种类的不节制行为是一种不妙的事。我知道人类的理想,是想拯救生命。就是创建动物园,除了满足人类的好奇之外，确有拯救动物的意思。但根据我的阅读经验，我发现，人类一旦想拯救什么，什么就会遭殃，这样的结论似乎被人类自身的实践多次证实。把狗还给狗。把狮还给狮。把水牛还给水牛。这是我们人类唯一要做的事。生命一直是结伴而行的，别的生命都进了动物园，人类的末日便不远了。上帝的事还是留给他老人家去做，他老人家不发话，不让我们"按既定方针办"，我们还是老老实实做人为上，替动物们想得太多，当心人家不领情。我别的不怕，就怕人类自作多情，"一不小心"把自己给赔了。

(发表于《雨花》1994年4期)

三十以前

我生于一九六四年的一月,但具体到日子则不能肯定。大致在二十四日前后。我们这一茬人,来到这个世上本来就不是欢天喜地的事,没有必要仔仔细细去纪念。但生日我总是过,就在二十四日。

我的童年在乡村。少年时代搬到了水乡小镇。青春期回到了县城。大学就读于扬州,毕业后"分"到了南京。活到现在,能说的好像也就这么多。

我的童年过得还好。没有挨过真正的饥饿。但我的童年也出了一些问题,最大的敌人就是时间。我害怕过不完的夏季午后,害怕没完没了的夏日黄昏。没有人和我一起玩,我唯一能做的事就是沿着每一家屋后的阴凉游荡,然后再沿着每一家屋前的阴凉游荡。游荡完了,学校的操场上还是有一大块金色阳光。我写过一个中篇,叫《大热天》,写过一个《过不完的夏季》,写过一个《明天遥遥无期》。当初用这些题目都是无意而为的,或者说言不在此。但回过头来看看,总能看见夏日时分留给我的最初畏惧与最初忧虑。我童年里最大的盼望就是明天。而明天空空荡荡,只能又是下一个明天。这是典型的动物生态:活着的目标直接是活着。我的童年游移在夏日阴影中,忧郁与白日梦盈溢了我的人之初,盈溢了我的童年黄昏。好在时间这东西自己会过去,要不然,真有些麻烦。

少年时代我的父母调到了一座水乡小镇。这个镇被两块湖面夹在中间,春夏秋冬都有与乡野不同的风景。这里最著名的东西是船，几乎家家都有。每家每户的事情都在水面上漂漂浮浮。应当说，这个水乡小镇有一种明丽的格调，但我的印象中，总有一股脱不掉的阴森。那些石板小巷又深又窄，那些小阁楼又灰又暗。我的眼睛是在乡下成长起来的，习惯了在平坦与辽阔中自由自在，但小镇使我的张望有了阻隔，前后左右都是青灰色墙壁。我站在石板巷里，贴着墙，一家又一家婚丧嫁娶从我的鼻尖底下经过，从小巷的这头到那头，或者说，从小巷的那头到这头。那些小巷子总是很弯，几乎找不到十米以上的直线。长大后我当然明白，宽敞与笔直原本是大都市气派，小乡镇是不可能有那种格局的。但弯弯曲曲带来了视觉难度，带来了观察障碍，所以小镇在我的记忆中永远有一种神秘，有一种隔雾看花的恍如梦寐。它像水的平面，没有来龙去脉，没有因果关联。我承认，我这个外乡客做得有点吃力，活得远不如在乡野时实在透明。小镇上有许多空宅，有许多终年紧闭的阁楼，它们一律长满了绿色青苔与灰色瓦花。那些建筑与植物成了我少年记忆的背景。那个水乡小镇弥漫了一股鬼气，它们至今萦绕在我的梦里。

  我们家在父亲平反后回到了县城。这里是我父亲的故乡，我就从那时起做了故乡的游子。我不会说城里话，没有亲戚与朋友。我开始写作就在这个时候。我收到大城市寄来的退稿也就在这个时候。退稿让我难为情，又让我有一种莫名其妙的兴奋。我一次又一次被"外面的"世界所拒绝，一次又一次与外面的世界产生了联系与交流。这里有一种极复杂、极纷乱同时又极蠢蠢欲动的青春期情怀。我至今缅怀那些孤寂的日子。我坚信那时候我比现在更有资格做一个作家。

  我在扬州师范学校读书是一九八三年至一九八七年这四年。这是所有中国人的大好时光。空气中到处是青草气味。我努力用功地改变自己就是从这时开始的。我拼命读书，到处大声说话，人也变得活泼开朗。真是换了一个人。我记得第一次从扬州到南京去玩的那个下午。为了看火车，我从扬州绕道镇江，再从镇江取道坐火车去南京。我记得火车向我呼啸而来的那个伟大时刻，我二十岁时第一次看见火车激动得几乎流泪。但我不敢流露这种激动。我站在月台上，感受到火车给我带来的迎面风，一上车我就写了一首诗，把好多东西赞美了一通，末尾把祖国还带了进去。那时候真是疯了，眼里的东西什么都好。我就这么瞎激动了四年，毕业的时候头发也长了，胡子也拉碴了。

后来我就到南京做了一名教师，再后来我又到《南京日报》去了。我一点也没有想到，都三十岁了。看看旧时的相片，不像自己，照照镜子，也不像自己。

（发表于《作家》1995年5期）

我也有点儿说不上来

其实我没有读过周作人的小说,只是知道他写过一个短篇,是《孤儿记》,"一九〇六年的夏天住在鱼雷堂的空屋里"写成的。从"鱼雷堂"的名字看,周作人当时大约在江南水师学堂当"海军"。《孤儿记》发在《小说林》,给周作人挣回了"二十元"酬洋,别的我就不知道了,而《孤儿记》我至今也还没有读到过。

然而我读过他的《初恋》。这篇不到一千字的短文被数不清的散文集、小品集、随笔集收录过。只是在"小说集"里头我还没有看到过一回。可是,在我的眼光里,《初恋》是一篇出色的短篇,尽管它一千个字都不到。

《初恋》的故事简单极了,"我"害了一场单相思,爱着一个不知道年纪、名字,没有说过一句话,不敢正视的女孩子,而最大的波澜仅仅是宋姨太太的一句诅咒:这个排行第三的"小东西"也"不是好货","将来总要流落到拱辰桥去做婊子的"。拱辰桥在哪儿,不知道;婊子是什么,不知道,能肯定的是,数月之后男仆带回了一个坏消息,"杨家三姑娘患霍乱死了"。

我不知道我为什么如此喜爱这则"短篇",其实"短篇"里头并没有什么,只有"我"的一点枉然的努力,"我"的一点喜悦,一点不快,不快过后无力回天的一点平静。如斯罢了。实在是没有故事的故事。周作人只是从故事的周围绕了一圈,给了作品一种氛围,或笼罩,这笼罩便"罩"在了我们的某个痛处,而痛便弥漫了。无声无息。你找不到伤口在哪儿。故事完了。

可是"故事"又复杂极了。它涉及了八个人物，连同一只叫"三花"的猫，"故事"纠集了相当复杂的世故纵深，人物内心的底色、背景，"故事"的起因、过程、跌宕、结局，以及情绪的大幅度飘动。尽管它只有一千个字。

它不仅是迂回、氛围、笼罩，还有"干货"，有实实在在的细节和最具性格的人物言语，也许还有最"前卫"的心理分析，虽然它一千个字都不到。

突然就想起鲁迅的杂文和周作人的随笔来了。鲁迅的杂文我相信我读得不算少了，有一小部分甚至相当熟悉了。可是，大先生的文字每一次再读都仿佛是头一遭面对，那样触目，那样动魄，你不能不赞叹大先生的"出手"，宛如"武侠"里的小李飞刀，例不虚发，寒光一闪就直逼丑恶的"七寸"。你只能从雪地上的血痕去品味大先生的小、快、灵与稳、准、狠。难怪大先生自己也把自己的文字喻为"匕首"的。的确，大先生不是迫击炮，炮弹震天动地，而小丑们依旧可以藏在掩体内撕咬鸡大腿，或吹几句小口哨；大先生也不是原子弹，炫目的蘑菇云下面战士与苍蝇们一起涂炭。大先生就是匕首，指哪儿，打哪儿，十环命中。说打你眼珠绝不打眉毛。

知堂老人其实也有一等的"十环"功夫。不过在大部分情况下，知堂老人不出手。知堂老人只为我们画出一个圆，更多的时候甚至是半个圆，然后就丢手了。但是你从他的"半个圆"上一眼就能明了"十环"的位置。他点出要害，却不玩小李飞刀，弄不懂为什么。用这位在家和尚自己的话说，叫作"我也有点儿说不上来"。

我不是学者，绝对没有比较鲁迅和周作人的意思，那是我的学养力所不能及的。而且明明是说小说，怎么又扯到杂文和随笔上去了，实在是跑了题目了。其实我只是想说，在鲁迅小说的"底子"上头，依旧有一种杂文的"作法"，隐含了一种直面与"呐喊"的战士气质。这种气质使先生区别于一般，使他最终成为现代白话文小说史上最伟大的短篇大师，使他的短篇最终成为现代白话小说中最杰出的范本。然而，我又有些固执地以为，周作人的一小部分随笔里头，似乎潜伏了"另一种小说"的"小说法"。比如说《初恋》。至少，作为前期的周作人，即使他不能或不愿"呐喊"，"彷徨"的可能似乎还是有的（这句话并不代表鄙人对《呐喊》与《彷徨》的艺术评判——作者注）。倘如此，在鲁迅这座短篇大师的高峰一侧，周作人或许会有另一种风光的。当然我也知道我这话说得有些无理了，人和人终究是不一样的，正如鲁迅为我们这个民族战斗了一生，而周作人却可以和他的"朋友"们"共荣"去。况且谁也没有义务一定去做小说家的。我只是就另一种小说的"技术"而言，在读完鲁迅，过把瘾之后，希望着能够看看"周作人的小说"，我说的当然不是《孤儿记》。明知不可能，便只有"硬"说了。我不知道为什么。这真是"我也有点儿说不上来"。

（发表于《作家》1997年5期。
原题："硬"说周作人的"小说"）

永别了，弹弓

从入学到小学毕业，陪伴我的是一把弹弓。那时候，弹弓不仅是我们的玩具，同时还是我们随身携带的武器。我的弹弓很高级，先说"丫"字形弓柄，我选用的是桑树的枝杈，一边是笔直的，而另一侧带有天然的弧度，握在手里有美不胜收之感。桑树有极好的韧劲，硬铮而又极具弹性，这一来在瞄准的时候就可以把弹弓的弓柄捏得很靠近，只在中间留下一段很小的距离，这对提高射击的精确性大有好处。而我的拉簧就更高级了，我的拉簧是赤脚医生那里用于打吊针的滴管，这种黄色的橡胶皮管有惊人的弹力，射出去的子弹呼呼生风。而我的子弹不是小石头，我精选了形状上佳的树果子。树的果子水分充足，沉甸甸的，在它击中生猪、耕牛、毛驴或山羊的时候，这些牲畜们会平白无故地四爪离地，像乒乓球那样一蹦多高，又一蹦多高。但是，它们的毛皮上不会有外伤，只有绿色的液汁缓缓地流淌。我那把弹弓绝对是高科技的产物——所谓高科技，完全是材料，说得科学一点，就是最合适的材料用在最恰当的地方。

像我这个岁数的中国人有几个不知道弹弓的呢？在六十年代至七十年代，弹弓是中国大地上最普及、最常见的少儿玩具与少儿武器。在更多的时候，它不是玩具，而仅仅是武器。因为那时的教育是一种仇恨教育、警惕教育。我们每个人的心中都有警惕，都有仇恨。警惕什么？仇恨什么？我们不知道。但愈是不知道就愈要教育，愈要培养。有警惕与仇恨就必须有武器。全民皆兵，我们也是兵。红小兵没有钢枪,红小兵就必须有弹弓。我们整天把弹弓揣在口袋里,射击鸟类、家禽、家畜、电线,在放学回家的路上互相瞄准。

1984年,在美国的洛杉矶,在第二十三届奥林匹克运动会上,许海峰为我们中国赢得了第一枚奥运金牌。举国为之欢腾。许海峰是一个搞射击的,众所周知,他出色的基本功得益于少年时代的弹弓训练。弹弓、射击、奥运会、金牌、举国欢腾,这里头有它的内在逻辑。那一年我正在读大二,我真是羡慕许海峰。如果我们能有机会得到一把枪,凭我们扎实的弹弓基础,把那枚金牌带回来的绝不可能只是许海峰一个。枪杆子里面出政权,枪杆子里头同样出奥林匹克荣光。

我没有能成为许海峰,因为我"出事"了。第一件不算太大——我在百无聊赖的日子里用弹弓射击了一位农民朋友家的老母鸡。母鸡正在觅食,我躲在墙角,用一棵树果子精确无比地击中了它的脑袋,这只老母鸡突然张开了翅膀,斜着头,围着一个并不存在的圆圈不停地打转。我快活疯了,跟着它手舞足蹈了起来。人一得意就得出事,我被老母鸡的主人当场逮住了,他把我交给了我的父亲。我的父亲用一种极其狠毒的方式收拾了我:他命令我写了一份检查书,当着我的同班同学,站在老母鸡主人的家门口大声宣读。那种羞耻真让我终生难忘。现在想来,从这件事情上我们至少可以正视三点:一、人之恶;二、羞耻感的被唤起;三、有效的外部力量。

但是,我想说,作为玩具,弹弓实在不能说是一个坏东西。真正的大事出在数月之后——事情的起因我可是一点也想不起来了,结果是极其可怕的,当时我正在教室里头,我用弹弓打坏了黑板上方人物肖像的眼睛。尽管我还是个孩子，然而，在那个刹那，我懂得了什么叫大祸临头，什么叫魂飞魄散。谢天谢地，我的班主任王大怡老师取下了画像，同时没有声张。但那种"后怕"伴随了我很久，你只有真正恐惧过，你才能明白什么叫"后怕"。我扔掉了我的弹弓，再也没有摸过一次。当一种东西被认定了它的"武器"性之后，即使是玩具，游戏的性质也只能是零。

今天是六一儿童节，我与妻子陪我们的儿子到金鹰去买玩具，在满眼的玩具面前，我的儿子简直手足无措。他每一次都这样，高兴得像个贼。这是一种幸福的标志。他的幸福让我幸福。我想起了我的童年与少年。那是一个没有玩具的年代，那是一个人之恶易于膨胀的年代，那还是一个最容易被恶所威胁的年代。儿童节是一个多么美好的日子，可我却想起了那把该死的弹弓。

（发表于《中华读书报》1999年16期）

文人的青春——文人的病

中国历史的生命史是颠倒的，先老年，后中年，再青春。一句话，中国人越活越年轻。这不是我的发明，早在一九〇〇年，激情四溢的梁启超就曾站在二十世纪的地平线上这样"一言以断之曰：欧洲列邦在今日为壮年国，而我中国在今日为少年国"。我们先把梁启超的一腔热血放在一边。我注意到，在一些人文著作中，中国的知识精英们一到了晚明突然变得天真起来了，灿烂起来了，澄澈而又灵动，飘逸而又自主，让我们看了都难受，我怎么就没有生在晚明呢？当然，论述者并没有忘记补充，晚明文人的这种变化原因有二：一、专制；二、文人"自我意识"的觉醒与膨胀。其实，封建史数千年，专制何处没有？何时没有？关键是文人们自己醒了，像亚当偷吃了禁果那样，"铛"的一下，眼睛亮了。我产生了这样一种印象，嘉靖、隆庆之后的"我大明"不是中国文人的"孩提"就是中国文人的"青春"。晚明的文人成了中国史上的新人类，玩的就是心跳，玩的就是"酷"，他们在晚明这条小路上来了一次大撒把。天真多好，灿烂多好，孩提幸福，青春万岁。只要别做李卓吾，杀头可不是碗大的疤，只要别做徐青藤，捣碎自己的睾丸有点疼。做一做纨绔子弟张宗子就不错，有精舍、美婢、娈童、鲜衣、美食、骏马、华灯相伴，夫复何求？张大复也行，一潭水、一庭花、一枕梦、一爱妾、一片石、一轮月，逍遥三十年，实在无聊了，就弄点病生生，反正闲着也是闲着。明代好哇，它"觉醒"了，勃起了，它是中国文人的青春期。这一点逻辑上倒是说得过去，如果说，一九〇〇年的"我中国"是"少年国"，那么，按照颠倒的逻辑，三百年前的"我大明"不是中国人的第一次梦遗又是什么？晚明的文人天真烂漫，童趣盎然，通体透亮，一片冰心在玉壶。

当然，我们并没有说梁启超的激情业已构成后人修史的逻辑依据，事实上，我们的论述和梁启超的话题并没有多大关联。必须承认的是，后人们从晚明的背影里看到了天真，自然有其合理的因素。比方说，晚明的文人就有一张中国史上特别生动的脸。关于中国文人的脸，年龄不满四十的韩愈有过一番自我描摹："而发苍苍，而视茫茫，而齿牙动摇。"这句话是经典性的，差不多成了中国知识分子面部表情的大写真。但是晚明的人们不。又是"本色"（徐青藤），又是"童心"（李卓吾），又是"性灵"（袁中郎），又是"主情"（汤义仍）。

但是我不相信。我只相信用"木马计"攻克了特洛伊城的古希腊人是天真的，是童趣盎然的，一个稚拙得居然把儿戏当作"计谋"的民族，再怎么欣赏自己的"刁滑"，它也只能是稚拙的。同样，一个在儒、道、墨、法、释的大酱缸里浸沤了数千年的民族，到了它的末世突然羞答答地做起了稚拙状，这就和八十八岁的老太太剃起了童花头差不多了。与其说晚明的文人是天真的，毋宁说是表演天真，或曰，对天真的一次恶性戏仿。对任何人，我们不能听他们说什么我们就信什么。所以，面对历史，我们必须鼓起这样的勇气：一、以小人之心度君子之腹；二、先小人，后君子。只有这样，我们才能从最基础的层面上入手，完整而活泼地把握"人"的命脉。我不相信晚明文人的天真。我不相信他们的本色、童心、灵性、个体生命意识的觉醒，他们重复一万遍我也不信。他们比任何人都老于世故，他们的天真、本色、童心、灵性、个体生命意识的觉醒，其情态只是最成熟男人的酒后，佯狂、装疯作傻、依疯作邪。直言之，是晚明的文人病了。只不过病得太久，病的人太多，他们就拿这种病当了常态。在病中，他们抓住了两项极为"个人"、极为"身体"的集体项目：一、酒；二、性。当酩酊与高潮来临的时候，他们迸发出了汪洋恣肆的生命动态，迸发出了灿烂绚丽的瞬时感觉，我想，不少人惊呼中国人的"个体生命意识"在晚明的文人身上业已"觉醒"，或许就原始于此。

幸好我们有比照。在欧洲，文艺复兴差不多可以看成"人"的一次大觉醒、大解放了。"个体生命意识"在那个"产生和需要巨人"的时代得到了空前的大提升。晚明到底是不是我们的文艺复兴，我们不去做这种无聊的辨析。然而，要使我们的"个体生命意识"觉醒起来，以下三点是最为基本的，即：一、人本精神；二、"人"对未来的强烈希望；三、"人"对个体生命的坚定自信。晚明的文人生活在末世感与卑微感的双重阴影下面，借助酒与性进行了一次集体自残与集体自戕，硬把一个（或一群）自我放逐、自残与自戕的人说成"觉醒"，听上去简直是挖苦。文艺复兴为我们人类留下了这样一个诗意盎然的定义："宇宙的精华，万物的灵长"，定义者是伟大的莎士比亚。晚明文人眼里的"人"又是怎样一种黯淡呢？费振钟在他的《末世幽默》中曾有一段深刻的评说："人在历史强力面前，是那样的微不足道，这种人与生存世界之间的巨大反差，张岱在他写于崇祯五年十二月的《湖心亭看雪》笔记中，比喻得十分清楚，那种借着自然的广大无垠而把人在其中戏为'两三粒而已'的黯然，正是人生之渺小情态的流露。"人只有"两三粒"，还"而已"，晚明文人的关于"人"的伤叹，由此可见一斑。还是让我来引用费振钟的另一段话吧:"明代文人在试图从理学突围出来的过程中找不到宽阔的出路,于是只能退回到内心方寸之地讨生活。因此明代文人,在思想识度上往往一味局限在一己性情范围内,认识自我生活的自由意义,这样他们的个性就越来越走向内在化、趣味化,他们也可能会旷达,但是这种旷达,不是从更加无所畏惧的精神自由的意义上表现出来的生存境界,而是在拒绝外在拘束的借口下,对身外世界的冷淡和疏离,也就是明代文人所谓的个人身心到了'极无烟火处'。"此言极是。也许,晚明文人的真正觉醒,只是看到了一点:"人"已不再是自身的目的,只是自己的工具,甚至玩具,如是而已。

晚明文人并没有给我们带来觉醒。那么现在,我们也许该真的来谈一谈专制了。应当说,晚明文人的非常态,专制是导致这种非常态的原因之一,这一点我原则上不反对。但是,我似乎又不能同意。封建文人果真就那么反感与惧怕专制么?我看倒是未必。别的不说,仅仅一部"中国文学史",就有相当一部分是"没做稳奴隶"的长吁短叹。常识告诉我们,历朝历代的文人真正惧怕的可能倒不是专制,而是失去了被专制的机遇与身份。他们最恐慌的是被专制所遗忘,所埋没。说得文气一点,是"英俊沉下僚",这才合于封建伦理与封建文化。可以认定,封建时代并无制度关怀,所关注的唯有帝统与宗法。一部《桃花扇》已经极其戏剧化地说明了这个问题,只要是正统的"天子",他们就必须乐于服从(效忠、规劝、死谏),不正统的则与贼无异,事之则豕狗不如。封建文人从来就没有反抗封建文化的使命,相反,封建文人最大的天命就是维护这种文化,其中最重要的当然就是帝统的正宗性。而我认为,明代文人的整体堕落,正是维护这种正宗性的全面失败。

说起"帝统",我们就不能不涉及大明帝国的那些"天子"了。无论从"宗法"还是从"道统"加以考察,明代的帝系都堪称中国历史上的搅屎棍。混乱的"宗法"给明代的文人投下了极其巨大的阴影。先是四年"靖难",尽管胡适先生说,成祖朱棣的流氓行为"最像他的老子",但是,成祖的皇位毕竟是从他的侄儿手中抢得的,不是大行皇帝的指派,这无疑就注定了方孝孺的非命。接下来就是英宗朱祁镇与代宗朱祁钰哥俩又上演了中国历史上唯一的一次"复辟"戏,这一回死去的是于谦他们,再接下来就是旷日持久的嘉靖的"大礼仪"闹剧了。在这些周而复始而又旷日持久的混乱当中,我们到底看到了什么呢?从明代献出了包括方孝孺、铁铉、陈迪、景清、于谦、王相等人在内的上千颗脑袋上,我们看到了明代文人维护"帝系"的纯洁性比维护性命更加顽固的决心。明代"宗法"的大混乱,对明代的文人来说,其影响远远超出了我们的估计。但是,这一切并不致命,对明代文人构成致命一击的,不只在混乱的"宗法",而在"道统"的大崩,朱家父子们把大明帝国当成了世界上最大的一座妓院,他们在这座妓院里不仅当上了首席嫖客,他们甚至兼起了吧台掌柜、流行歌手、戏子、蛐蛐赌徒、虐待狂、受虐狂、木匠、修理工、春药的义务试验员、游龙戏凤、游凤戏蛇。在他们被女人掏空了身躯之后,他们被没有睾丸的男人扶回了大内,用静心"斋醮"来打发他们的不朝期。于是,从此君王去斋醮,三十八年不上朝。这时的大明帝国,真是问茫茫大地,还有几许祥瑞,看浩浩苍天,尚存一穹青词。有一个细节我们是不该忽视的,当皇觉寺的出家和尚朱重八做了大明帝国的开国皇帝之后,他的子孙们并没有把他们的热情过多地给予佛教,相反,却对道教如醉如痴。明世宗对方术、青词、斋醮的执迷说明了这样一个基本事实：朱元璋的子孙们对佛家的"普度众生"，虚弱到哪怕连"作秀"的热情与力气都没有了。他们舍弃了"我不下地狱谁下地狱"的佛家精神，急着想要的却是"我不成仙谁成仙"的道家精髓。其实，所谓"道教"，说穿了只不过是他们枕边不可或缺的一粒"伟哥"。这一来问题终于出来了，"道统"的大崩，直接造成了这样一种局面，即"天子"的专制改变了形式(本质当然还是一样的)，直接面对晚明文人的，是斋醮票友(如严嵩)的专制，是锦衣卫的专制，是阉人"二姨妈"(如魏忠贤)的专制，一句话，是奴才的专制。人主的专制固然是可怕的，而奴才的专制却更为恐怖。也就是说，令晚明文人们真正汗不敢出的，绝不只主子，更多的是奴才。同时，这种奴才的专制也使晚明的文人们一下子失去了人生的目标与意义。晚明文人们真正绝望了。除了狂、痴、癫、疯、病，晚明的文人们看不到任何终极意义，看到的只是终点，也就是末世。概之，晚明文人的病，既不来自君主专制，更不是什么"觉醒"。而是第一，因"宗法"的混乱所带来的极度恐惧；第二，因"道统"的大崩而形成的彻底绝望。这二者构成了晚明文人身上浓郁的、挥之不去的"世纪末"状态，也就是狂放的玩世不恭。

狂放的玩世直接导致了这样一个恶果，他们使整个明代社会失去了最有力的增长点。知识分子的堕落才是一个社会彻底的和最后的堕落。堕落的标志是对真正的"人"的"零度"冷漠。有人说，如果满人不入关，晚明会"自然而然"地把我们的历史带向近代。事实上，在徐渭击碎了他的睾丸之后，整个晚明还有什么可供我们击碎？当吴三桂打开山海关的时候，清兵以百米冲刺般的速度踏进了大明的紫禁城。这不是一场战争，它充其量只是一次权力交接的仪式。它的意义恰恰是把奄奄一息的专制交给了精力充沛的专制。

封建文人的最大理想依然是"做稳奴隶",说到"人"的"觉醒",只能是"五四"之后,尽管"'五四'提出的问题,直到现在还没有解决"(于光远)。只有真正的"觉醒",真正意识到"专制"作为"制度"的残酷,人才有"类"的意义,人的所有努力才称得上现代性。在此意义上,我赞美伟大的预言家梁启超,尽管他后来又忙着保皇去了。

(发表于《读书》2000 年 1 期)

写满字的空间是美丽的

我小学就读于一所乡村学校,而我的家就安置在那所学校里头。学校有一块操场,还有三面用土基围成的围墙。一到寒假和暑假,那块操场和三面围墙就成了我的私人笔记本了。我的手上整天拿着一只粗大的铁钉,那就是我的笔,我用这支笔把能写字的地方全写满了。有一次,我用一把大铁锹把我父亲的名字写在了大操场上,我满场飞奔,巨大的操场上只有我父亲的名字。父亲后来过来了,他从他的姓名上走过的过程中十分茫然地望着我。我大汗淋漓,心中充满了难以名状的兴奋与自豪。残阳夕照的时候,我端详着空荡荡的操场和孤零零的围墙,写满字的空间实在是妙不可言,看上去太美。我真想说,我在上小学的时候就已经是一个很像样的作家了。

现在想来我的那些"作品"当然是狗屁不通的。但是,再狗屁不通,我依然认为那些日子是我最为珍贵的"语文课"。那些日子最大限度地满足了我的表达欲望,这种欲望至今没有泯灭。天底下没有比这样的课堂更令人心花怒放和心安理得的了,她自由,充满了表达的无限可能性;她没有功利色彩,一块大地,没有格子,好写最新最美的文字。

用今天的眼光来看,在学校的围墙上乱涂乱画,把学校的操场弄得坑坑洼洼,绝对是不可以的。利用小学阶段培养孩子们良好的行为习惯,当然也是好的。没有规矩,不成方圆,我自然不反对,可我不能同意只有在方格子里头才可以写字,只有在作文本子上才可以按部就班地码句子。对我们的孩子来说,每一个字首先是一个玩具，在孩子们拆开来装上，装上去又拆开的时候，每一个字都是情趣盎然的，具有召唤力的，像小鸟一样毛茸茸的，啾啾鸣唱的，而在孩子们运用这些文字组成章句的过程中，摞在一起的章句都应该像积木那样散发出童话般的气息。

　　孩子们为什么想写？当然不是为了考试。准确地说，是为了表达。一个人不管多大岁数，从事什么工作，都有表达的愿望。孩子们喜欢东涂西抹，其实和老人们喜欢喋喋不休、当官的喜欢长篇大论没有本质区别，相对于一个"人"来说，它们的意义是等同的。我听说现在的孩子们越来越不喜欢写作文了，这真是不可思议。这甚至是灾难。孩子们有多少古怪的、断断续续的念头渴望与人分享？他们害怕作文，骨子里是害怕表达的方式不符合别人的要求。在害怕面前，他们芭蕉叶一样舒展和泼洒的心智犹如遭到了当头一棒。他们有许多话想对别人说，他们还有许多话想在没人的地方说，他们同时还有许多话想古里古怪地说。表达首先是一种必需、乐趣、热情，然后才是方式、方法。害怕作文，其实是童言有忌。

　　所以我想提议，所有的小学都应当有一块长长的墙面，这块墙面不是用于张贴三好学生的先进事迹的，而是在语文课的"规定动作"之外，让我们的孩子们有一个地方炫耀他们的"自选动作"。它的意义并不在于能培养几个靠混稿费吃饭的人，它的意义在于，孩子们可以在这个地方懂得，顺利地表达自己是一件多么幸福的事，是一件让自己的内心多么舒展的事。在这个地方，他们懂得了什么才叫享受自己。如果表达是自由的，那么，这种自由是以交流作为基础的。交流是一种前提，最终到达的也许就是理解、互爱。

（发表于《朔方》2000年3期）

在哪里写作

我的书房换了又换，换了多少次我都记不清楚了。这话听上去很阔气，就好像我是老雨果似的。其实我换书房是因为我一直没有一个像样的住处，今天在这儿打个洞，明天在那儿弄个巢。我的书房就是我的住处，而我的住处就是我的书房。话说到这儿已经很没劲了。还是把话说穿了吧，我没有书房，只有写作的地方。用汉语说话很容易把话说穿，这是汉语的阴毒处，说不好你就肾虚。

所以我们不提书房的事，这容易扯到住房问题上去。"住房问题，这个，哈，是一个严肃的问题。"住房很严肃，哈，还说它干什么？我们把角度换一换，来谈谈在哪儿写作，这个话题有点美，它带上了空间感。

我开始摆开架势搞写作的时候还住在一间集体宿舍里头，那是上个世纪八十年代的事了。我突然决定要写一部军事题材的大部头。我想，刚刚开始写作的人通身洋溢的都是虚构的激情与虚构的勇气。虚构当然是必需的，这一点毫无疑问。只不过那时候我虚构的不是作品，而是我自己。我的墙面上贴满了地图，我凝视着它们，觉得自己要做的事不是写作，而是走进了某个军事指挥部。历史正排着队伍，在等着我，在等着我对它们说："你们好！你们辛苦了！"我把故事讲给同宿舍的伙伴们听，满嘴都是吓人的话，不仅镇住了他们，也吓住了我自己。我问我的朋友们，我到底能不能写好？百分之九十六点四的朋友说，能。我很振奋，身上的每一个关节都卡拉卡拉直响。当一个人被自己吓住了的时候，必然就真理在握，或曰历史在召唤。我顺利地开了头。谁说万事开头难？简直是屁话！不过，几个月之后，残酷终于登门了。残酷是什么？残酷就是心想事不成。我的写作难以为继。这次创作当然以失败而告终。但是，失败也是温柔的，失败总会让你明白一些什么。比方说，失败可以告诉你，写作不是吓唬自己，也不是吓唬别人。如果存心要吓人，常识告诉我们，写作不如耍流氓。

后来我阔多了。因为结婚，我得到了一间十九平方米的书房。我的书桌后面是一把椅子，椅子后面是一台冰箱，冰箱后面是一张餐桌，餐桌后面是电视机，电视机后面则是两张并在一起的钢丝床。每天晚上，我的妻子坐在床上看电视，而我就趴在我的写字台上。电视里头动不动就是"我知道你还爱着我""我们离婚吧""那个狐狸精是谁"，这样的对话充斥着每一个频道，每一个夜晚。而冰箱过一会儿就要吱哩哇啦地响一顿，冬天放冷气，夏天吹热风。我就坐在这样的书房里，每天晚上都要写到凌晨两点。我不吃，不睡，左手一支烟，右手一支笔，全身心地投入，无中生有地折腾我自己。事实上，那时候我连一个字都发不出来。但是我不能不写，我不把自己写到精疲力竭反正是不能入睡的。余华说，写作有益于身心健康。他说得对。

后来我又搬过几次家，有一阵子我住到南京的旧城墙下面去了，那是一间十六平方米的小屋，把手从窗户上伸出去就能触摸到明代的老城砖。我至今怀念城墙下面的古怪气息，那种感人至深的阒静，那种栩栩如生的风吹草动，那种并不恐怖的阴森，以及月光底下深不可测的梦幻气质。现在，只要陪外地的朋友们爬那段城墙，我都要指一指城墙下面早已夷为平地的旧址，用广告的语气告诉他们，那就是毕飞宇生活、学习、工作和战斗过的地方。

其实我怀念我住过的所有地方，我住过的每一个地方都留下过我心爱的文字，只有我的文字知道，那些"书房"们在我的内心是怎样地意味深长。

（发表于《时代文学》2001年1期）

作者像

谈艺五则

短篇小说

我所渴望的短篇小说与经验的关系并不十分紧密,相对说来,我所喜爱的好的短篇似乎是"不及物"的。因为"不及物",所以空山不见人,同样是"不及物",所以但见人语响。有时候,我认为短篇这东西天生就具有东方美学的特征。东方美学是吊人胃口的美学,我经常用一个庸俗的例子来说明这个问题。比如说一块羊肉,你把它烤一烤,它散发出来的香味让你直流哈喇子,简直要了你的命,可是,你真的把它送到嘴里,也就是那么回事。这里头还有一个"大"与"小"的关系,一块羊肉能有多大?然而,只要在街头烤了那么一下,神话马上出现了,"羊肉"变得巨大无比,十里长街它无所不在,你看不见它,可它却放不过你,是眼不见为实的,它具有了压倒性的、统治性的优势。这就是"味道"的厉害。"味道"是事物的属性,却比事物大,比事物大几百倍。短篇就是一块羊肉,不同的是,它被"烤"了那么一下。

短篇是怎么"烤"出来的呢?我不知道。但是有一点是显而易见的,短篇难以回避它的技术性。在艺术问题上谈技术是危险的,它不如"主义"超凡脱俗,更不如"主义"振聋发聩。但是,技术有它的实践性,艺术同样有它的实践性,你可以无视它,但是,只要你从事,你绕不过去。写作和美术不同,和音乐不同,和竞技体育更不同,那些东西没有专门的细节训练是不可想象的。写作不一样,写作有它的宽泛性,有时候,会写字就可以了。这种宽泛性容易掩盖写作的技术。所以,二十世纪九十年代的中国文学"事件"多、思潮多、口号多,好的小说,尤其是好的短篇小说却不多,这和写作的宽泛性有直接的关系。写作不再是艺术生产,而直接是艺术股市,甚至于,是艺术期货,带有买空卖空的性质。几年前我读过一篇文章,文章说,好小说一定是最不像小说的小说。这是标准的回避常识的说法,这同时还是好大喜功的说法。西瓜不像小说,液体牙膏不像小说,浮肿不像小说,鼻涕也不像小说,这又能说明什么?只是一句空话。所以我坚持这样的观点,好小说应当经得起"意义"(如果有意义的话)的考验,同样也要经得起技术性的文本考验。

中篇小说

我所渴望的中篇首先应当具备分析的特征,分析的特征确保了事物的本质能够最充分地呈现出来。本质总是坚固的,可信赖的。有了这样一种底色,你想描绘的人物大多不会游移,从而使人物一下子就抵达了事件。

这不是什么深刻的道理,我们所缺少的是坚定不移的实践,实践的愿望、能力与勇气。我们看到了大量的放纵的创作,放纵的作品大多是人浮于事的。一些批评家们跟在后面起哄,把"人浮于事"的创作上升到了自由的高度。放纵和自由是完全不可对等的东西,它们是貌合的,却更是神离的。

王安忆有一个说法我十分地赞同,她强调小说的"推导"功能。"推导"这个词带有形式逻辑的学究语气,但是,在我看来,

"推导"是小说中——尤其是中、长篇——必不可少的"判断的控制"(韦恩·布斯《小说修辞学》)。由人的行为(或内心)到人,到人的关系,再由人的关系到人,到人的内心(或行为)。

与短篇小说相反,我所渴望的中篇与经验有着血肉相连的关联。它是"及物"的,伸手可触,一开口说话就带上口红和晚餐的气味。

人　称

"我"是新时期小说的第一人称。有人说,"我"应当是所有小说的唯一人称。这句话气派宏大。

我承认这是一个很大的话题,我甚至愿意承认,这是一个很有意义的话题。但是,这和结论是两码事。我对这个问题感兴趣是因为李敬泽,那是"多年以前"了,我和敬泽在一间房子里枯坐,他翻着一本杂志。敬泽突然丢下手里的东西,说,怎么离开"我"都不会写小说了?敬泽没有说下去,我也没有再问,但是这句话在我的心里留了下来。

怎么离开"我"就不会写小说了?是"我"大了?还是小说"小"了?朱苏进说,作家应当比作品大。这句话我同意。可是我想了又想,朱苏进的话和"人称"似乎并不相干。

现实主义

现实主义是我非常鄙视的东西。那是没有想象力的标志。在我做了父亲之后,我的看法有些改变。徐坤说:做父亲改变了男人的内分泌。徐坤一语中的。做父亲之前，我想象着儿子，做了父亲之后，我凝视着儿子。这就牵扯到想象力与观察力的问题了。观察是有意义的，它会提醒你，你对别人有用，说得文气一点，它会让你有价值感。想象力绝对是不可或缺的，但是，观察力的价值就在于，它有助于你与这个世界建立这样一种关系：这个世界和你是切肤的，你并不游离；世界不只是你的想象物，它还是你必须正视的此在。这个基本事实修正了我对艺术的看法，当然也修正了我对小说的看法。观察的结果是这样的：它使我看到了世界的不安全，奇怪的是，我却比任何时候更关注这个世界。一个人在想象的时刻，他的眼神通常是不聚焦的，而在他观察的过程中，他的眼里布满了警惕。在我睁大眼睛四处张望的时候，我意识到，我是一个男人了，一个不能不关注未来和命运的男人。所以，我要说，现实主义不完全是小说修辞，它首先是凝视和关注。

叙 述

叙述不是叙述，是你处理关系，以及你的处世方式。所以叙述的第一要素是你介入事件的通常心态，然后才是语言。我写小说的时候时常对自己怀着一股不良的动机：事情就在这儿，小子，你说吧，我看你怎么说。

（发表于《南方文坛》2001 年 5 期）

我家的猫和老鼠

我有两个姐姐,大姐长我六岁,而二姐只比我大一岁半。我们是在无休无止的吵闹和绵延不断的争斗当中长大成人的,假使允许我夸张一点,我想说,我们姐弟三个就是鼎立的三国,在交战的同时我们不停地结盟、宣战,宣战、结盟。真是天下大事,分久必合,合久必分。当然了,我们的"分合"都是以小时作为时间单位的。上午我刚刚和我的二姐同仇敌忾,一起讨伐我的大姐,而午饭过后,一切都好好的,我的二姐却和大姐突然就结成了统一战线,不声不响地向她们的弟弟宣战了。

总体说来,她们联合起来对付我的时候要多一些,因为父母多少有些偏心,对我格外好一些。这个我是知道的,在事态扩大,弄到父母那里"评理"的时候,我的父母虽说各打五十大板,但板子里头就有了轻与重的分别。比方说,在严厉地批评了我们过后,我的母亲总要教导我的两个姐姐:"他比你们小哎,让着一点哎。"对我就不一样了,母亲说:"下次不许这样了。"口气虽然凶,但说的是"下次","这一次"呢,当然就算了。事情到此结束。这在我是非常合算的买卖,因为"下次"是无穷无尽的。假如我的两个姐姐联起手来和我作对,在多数情况下,她们差不多就是那个叫"汤姆"的猫,而我则是老鼠"杰瑞"。我们家几乎每天都有美国卡通《猫和老鼠》式的战事,一姐一妹气势汹汹的,占尽了优势,恨不得一脚就把她们的弟弟踢到太平洋里去,然而,到后来吃尽苦头的始终是她们。

我们为什么吵呢？为什么斗呢？不为什么。倘若一定要找一个最符合逻辑的理由，那只能是为吵而吵，为斗而斗。举一个例子吧，比方说，现在正在吃饭，我和我的二姐坐一条凳子上，不声不响地扒饭，这样的饭吃起来就有点无趣。为了打破这种沉闷的局面，在我的二姐伸筷子去夹咸菜的时候，我会用我的筷子把她的筷子夹住，二姐不动声色，突然抽出筷子又夹我的。噼噼啪啪的战争就这样开始了。母亲突然干咳一声，一切又安静了。所争夺的咸菜到底被谁夹走，这个问题并不重要，重要的是母亲的那一声干咳究竟落在哪一个节拍上，这全靠你的运气，有点像击鼓传花。如果咸菜归我，即使我并不想吃，我也会像叼着了天鹅肉，嚼得吧唧吧唧的，二姐的脸上就会有一脸的挫败。反过来，二姐要是赢了，她会把咸菜含在嘴里，默无声息地望着屋梁，那是胜利的眼神，赢了的眼神，内中的自鸣得意是不必说的。

我们姐弟三个现在都是人到中年，我长年在外，节日里偶尔团聚，我们谈得最多的恰恰是少儿时期的战争往事，谈起来就笑声不断，这一点是我们始料不及的。有一次我把话题转了，说起了我姐姐对我的好处来：我六岁的那一年得了肾炎，不能走动，每天都由我的父亲背到五六里远的彭家庄去，注射青霉素和庆大霉素。有一次是我的大姐背我去的，那时候她其实也只是一个十二岁的孩子，又瘦又小。她在那个晴朗的冬日背着我，步行了十多里地。快到家的时候大姐终于支持不住了，腿一软，姐弟两个顺着大堤的陡坡一直滚到了河边。我并没有摔着，反而开心极了，大姐满头满脸都是汗，她惊慌地拉起我。第一句话就是："不能告诉爸妈。"这件事都过去了三十年了，可它时不时会蹿到我的脑子里来。出乎我意料的是，随着年纪的增大，我回忆起来一次就感动一次。大姐十二岁,冬天一头的汗,惊恐的眼神——我不知道我为什么在人到中年之后反而为这件事伤恸不已。那一回过年我说起了这件事,我并没有说完,大姐的眼眶突然红了,说:"多少年了,怎么说这个的,你怎么还记得这个的。"大姐显然也记得的,不然她不会那样。她把话题重又拉回到吵闹的事情上去了。

所有的兄弟姐妹都在童年与少年时代吵闹,也许成年了之后还要继续。其实,这样的吵闹本身就设置了一个温暖的前提:我们能够,我们可以。我们幼小的内心世界也许就是在一次又一次的打斗中拓宽开来的,丰富起来的。时过境迁之后,我们意外地发现,兄弟姐妹之间的许多东西也许并不能构成我们的日常生活,它反而是隐匿的,疏于表达的。然而,它却格外地切肤,有一种打断骨头连着筋的牵扯。美国人通过《猫和老鼠》的卡通形象向全世界的少儿表达了这样一种典范人生:打吧,吵吧,闹吧,可你们永远是兄弟,永远是姐妹——你们永远不能生活在一起,但你们谁也不能离开谁。

我的儿子最喜欢我的侄女,他们玩在一起的时候几乎就是猫和老鼠,不是追逐,就是打闹。可是,他们毕竟天各一方。在他的姐姐和他说再见的时候,他漆黑的瞳孔是多么孤独,多么忧伤。我多么希望能做我儿子的好兄弟,和他争抢一块饼干、一个角落与一支蜡笔。但我的儿子显得相当勉强,因为他的爸爸后背上都竖起鸡皮疙瘩了,就是学不像一个孩子。

(发表于《社区》2002 年 16 期)

我们身上的"鬼"

我们的身上一直有一个"鬼",这个"鬼"就叫作"人在人上",它成了我们最基本、最日常的梦。这个"鬼"不仅依附于权势,同样依附在平民、大众、下层、大多数、民间、弱势群体乃至"被侮辱与被损害的"身上。都说阿Q"麻木""不争",其实,在"做老子"和"我喜欢谁就是谁"上,阿Q清醒得很,积极得很。

"人在人上",构成了特殊的"鬼文化"。突然就想起孙悟空和任我行来了,这是我极其不喜欢的两个好汉。因为有"人在人上"这个鬼在,孙悟空去做了"齐天大圣",而任我行当上了"通天教主"。花果山和黑木崖,说到底还是"大内"。王朔说,"我是流氓我怕谁",王朔说,"过把瘾就死",但是王朔没有忘记补充,"我是你爸爸"。在这个问题上,王朔反而是冷峻的,当然,这种冷峻有可能是王朔的"一不小心"。

人不可以在人上,人亦不可以在人下——人理当在人中,所谓"她在丛中笑"。我想,这里面所蕴含的价值意义也许是普遍的。对我们来说,不把"人在人上"这个"鬼"打死,"一切都是轮回,一切都是命运"。

(2002年9月收入作者作品集《沿途的秘密》)

我描写过的女人们

婉 怡

  我没有见过我的奶奶，我的父亲也没有见过我的奶奶。1991年，当我动手写《叙事》的时候，我的内心涌动着的其实是"见一见奶奶"的愿望。想象力是无所不能的，这是人类智性的可贵处，我坚信依靠我的想象力我的奶奶能够在夜深人静的时刻靠近一下她的孙子。想象力同时又是一无所能的，因为想象力不及物，你不可能依靠想象力改变生活的基本格局。

  我不可能知道奶奶的名字，我一厢情愿地认定了她老人家就叫"婉怡"，我就觉得这两个字特别地像。有时候，姓名的字形或发音简直就是你的命运。我所描写的"婉怡"只有十七岁，这个年龄是我假定的，我坚信十七岁是女性的一生走向悲剧的可能年龄，十七岁也是女性一生中最薄弱的生命部分。那是一个夏季，这个季节是我特意安排的，如果一定要发生不幸，夏季一定会安静地等在那儿，像芭蕉巨大而又无力的叶片那样，不声不响地做悲剧的背景。婉怡的一生后来完全被战争搅乱了，她一个人离开了故土，飘零在波涛汹涌的大上海。

  为了寻找"婉怡"她老人家，"我行走在大上海，我的心思空无一物地浩瀚，没有物质的纷乱如麻，数不尽的悲伤在繁杂的轮子之间四处飞动。我奶奶的头发被我的想象弄得一片花白，她老人家的三寸金莲日复一日丈量着这个东方都市。我在夜上海的南京路上通宵达旦地游荡，尽量多地呼吸我奶奶用惯的空气，我一次又一次地体验上海自来水里过浓的漂白粉气味，因为寻找，我学会了对自己的感受无微不至，十一天的游荡使我的体重下降了四公斤。感觉也死了。我拖着皮鞋，上海在我的脚下最终只成了一张地图，除了抽象的色彩，它一无所有。我相信了父亲的话，这个世界上没有上海。上海只是一张地图。它是真正意义上的地图，比例1∶1，只有表层，永远失去了地貌意义"。

"婉怡"永远是我的谜，在命运面前，我的所有努力都是苍白无用的。可是有一点我坚信不疑，这个世界上一定有（或有过）这样一个可亲的女性，她是我的奶奶。我永远怀念、永远感谢这个我永远不能见面的女性。我愿意套用张爱玲女士的一句话："在我死去的时候，她将会在我的血液里再死一次。"

筱燕秋

筱燕秋是《青衣》里的人物，一个青衣行当里的中年女性。我不喜欢这个女人，可是我一点也不恨她。筱燕秋是一个我必须面对的女人，对我个人而言，无视了筱燕秋，就是无视了生活。

每个人都渴望实现自己，然而，我看得最多的恰恰是心想事不成。我不知道我们的生活在哪儿出了问题，它似乎总是与你的意愿拧着来。面对这种"不成"，解决的办法不外乎两种：一、在自己的内心"内部消化"，所谓"想开一些"，"退一步海阔天空"；二、一根筋，一条道走到黑。我注意到张艺谋的一些作品，他塑造得最多的似乎就是"一根筋"。贾平凹先生说，陕西人在气质上就属于"一根筋"，所以我理解张艺谋的"一根筋"，甚至赞赏他的那些"一根筋"。可是有一点我是不能同意的,秋菊们一个劲儿地要"说法",最后总能碰到"神仙显灵",了却心愿般地有了"说法"。生活里的"大多数"其实不是这样的,她们的命运正相反:你要说法,偏偏就不给你说法。

筱燕秋也是一根筋。遗憾的是,她没有遇上"神灵",她永远也不会有"说法"。这既是她的性格,也是她的命运。有一句话是这样说的,性格即命运。我还想补充一点,在某种时候,命运才是性格。在最后的失败准时正点地来临之后,她只能站在冬天的风里,向漫天的雪花抒发她无泪的哭。

如果我还算尊重生活的话,我必须说,在我的身边,在骨子里头,在生活的隐蔽处,筱燕秋无所不在。中国女性特有的韧性使她们在做出某种努力的时候,通身洋溢出无力回天还挣扎、到了黄河不死心的悲剧气氛。她们的那种抑制感,那种痛,那种不甘,实在是令人心碎。所以我要说,我不喜欢筱燕秋,不恨筱燕秋,我唯一能做的是面对筱燕秋。我面对,不是我勇敢,是她们就在我的身边,甚至弄不好,筱燕秋就是我自己。

慧 嫂

1995 年的那一场意外使我在病床上躺了十六天。严格地说,《哺乳期的女人》就是在病床上的十六天里"写"出来的。慧嫂是《哺乳期的女人》里头那个年轻的、正在哺乳的母亲。我要说的是,我写的不是母亲、母爱,而是母性,母性的直觉,以及由这种直觉所带来的异乎寻常的、感人心脾的理解力。

我常说,人身上最具魅力的东西有三样:性格、智商、理解力。它们彼此关联，却又不能替代。理解力是重要的，许多时候，人们格外地热爱母亲，并不是母亲的付出，母亲的给予，是母亲对我们因为血肉相连而与生俱来的理解。"知子莫如父"，其实只是用父亲做了一个例子，无论如何，母亲是撇不开的。想一想吧，还有什么样的痛苦能超过母亲的不理解、误解乃至曲解呢？我注意到一些征婚广告，许多男人都有这样的"要求"，女方能"善解人意"。尽管做起来难，但是，作为男人，我想说，这个要求实在是合理的，一点都不过分。我不是男权主义者，我只是强调，男人和女人其实都是脆弱的，都有权渴望理解。

慧嫂的理解是针对五岁的男孩旺旺而去的。旺旺的父母挣钱去了，把他留在了乡下。对一个五岁的孩子、一个物质时代的孤独者来说，母性（未必是母亲）是他的天使。应当说，"慧嫂"也是我们的天使。不幸的是，她的理解力扑了一个空。取而代之的是禁忌、蛮横、画地为牢。一些优秀的女人在那里呼吁"女权"，如果有一天，那些优秀的女人们开始捍卫"母权"了，我个人以为，在当今的中国，会有它超乎寻常的意义。对男人们来说，这又何尝不是一个容易忽略的问题呢？"女权"意味着平等与独立，而"母权"不只是这些，它更具备沟通、包容、合作与共建的现代意味。

我没有女儿，只有一个傻乎乎的、蛮不讲理的儿子。如果我有一个女儿的话，也许我会很自私。我不希望自己的女儿过分地理解别人。不管她未来面对的是她的同事、上级、手下、丈夫或公婆。出色的理解力会给她带来别人的赞许，然而，她的一生将永远背负着一种痛。理解力是一把多情的、绝情的双刃剑，它给别人送去了温暖，却总是给自己带来划痕。理解力尤其喜爱善良的女性，它在善良女性的内心嗜血成性。说到底理解力不来自性格，不来自智商,而来自你心底的善。

林 瑶

林瑶是小镇上的一个智障女人,也可以说,是一个"花痴"。她整天捧着琼瑶女士的书,给自己起名字,给自己谋划天上人间。她嫁给了同样智障的乡村青年阿木,他们一起生活在他们的梦里,如痴如醉。但是,人们不答应。在"正常人"的眼里,他们必须是人们的"小品"与"段子",一个逗哏,一个捧哏。他们有义务像春节联欢晚会上的赵本山与宋丹丹那样为人们"搞笑",如果你不搞笑,我们就有必要把你的老底全翻出来,让你吃不了全兜着走。

我在《阿木的婚事》里描写了这两个智障的青年男女。我的朋友批评过我,说我太残酷了。我承认我不是东西。但是,如果你目睹了一些人是怎样糟蹋我们的生活的话,我渴望有人告诉我,谁是东西?

我不想打扮我自己,把自己弄成一个布道者。可是我实在难以容忍人身上(包括我自己在内)极强的破坏欲。往小处说,如果大街上有一只气球,他拐弯抹角地一定要把它踩炸了;如果他偷一样东西而又偷不走,他宁可把它毁了他也不愿把它完整地留下来。往大处说,如果你刚过了两天正常的日子,他就要放幺蛾子,不把你弄得屁滚尿流就绝不撒手。我就想看一看,人的破坏欲对林瑶这样的女人会不会放过一马呢?答案是可疑的,可能会,但更可能不会。

作为一个智障的女人,新婚之后的林瑶开始走上了正常生活,但是，正常生活有时候是有罪的，因为它使我们失去了风景。没有风景怎么办？挖掘、布控、明察、暗访、调查、研究再加发明与创造。

还是让别人活得更好一些吧。如果你不能帮助别人，那么至少，不要千方百计地毁坏别人。德国哲学家马克思说："只有解放全人类，无产阶级才能最终解放自己。"我没有马克思那样的胸襟，可是我明白，只有每个人都过上好日子了，自己才能够活好。

（2002年9月收入作者作品集《沿途的秘密》）

卡夫卡出生在布拉格

一

可怜的昆德拉什么也不相信了，他什么也不相信了。在他七十多岁之后，他和这个世界并没有和解，相反，距离进一步拉大了。如果昆德拉能够有足够的寿命，我想，总有一天他连他自己都不相信。

二

《无知》这本书可以取许许多多的书名，本真一点可以叫"流亡"，史诗一点可以叫"大回归"，青春一点可以叫"布拉格的森林"，老气横秋一点可以叫"就这么活了一辈子"，时尚一点可以叫"天还没黑就分手"，激情一点可以叫"革命，继续革命"，另类一点可以叫"我用幽把你默死"，下半身一点可以叫"把丈母娘睡了"，但是，昆德拉起了一个不着四六的名字："无知"。

我看见了一个洞明世事的老人，在他听见命运之神敲门的时候，他拉开了他的大门，满腔的无奈与悲愤，他对命运之神大声说："别问我！我什么都不知道！"

无知，是愤怒的方式，是悲悯的一声叹息，是不可调和的压抑性沉默。然而，绝不是"难得糊涂"。

三

我一直不那么喜欢昆德拉,作为一个小说家,他不那么感性。在十年以前,我曾经狂妄地说过,昆德拉缺少小说才华。

我不知道昆德拉是否缺少小说才华,小说的才华到底是什么?我不知道。但是,在今天,我知道一点,如果我是昆德拉,我绝不敢放纵自己的感性,要不然,作为一个逃亡者,我活不下去。我会死于自己的内心。

我原谅了我的狂妄,我为理解力的成长而感到释怀。

四

《无知》中有一个反复强调的细节,流亡归来的伊莱娜在捷克的一家纪念品商店里买了一件T恤,上面有一个结核病患者的脑袋,下面是一行英语:"Kafka was born in Prague"(卡夫卡生于布拉格)。这差不多是一则广告,捷克人想告诉世界什么?

卡夫卡当然不是阿Q,然而,当我看到"Kafka was born in Prague"的时候,我就觉得一个中国人在骄傲地说:"阿Q是我们中国的,是我们的人类文化遗产。"

五

所以,小说是从伊莱娜回归开始的,却是以伊莱娜的性伙伴离开捷克结束。这不是小说的逻辑,我把他看作命运的表情。回归,对一个流亡者来说,是双重的背离,因为你的生活已经经历了一场最为糟糕的外科手术:"把小腿截掉,把脚接在膝盖上"。这是怎样的大地?这是怎样的脚?

昆德拉说:"尤利西斯离家二十年,在这期间伊塔克人保留了很多有关他的记忆,不过对他没有丝毫的思念。而尤利西斯饱受思乡之苦,却几乎没有保留什么记忆。"

思念,还有记忆,这是生活里头两样极其重要的东西。在思念和记忆面前,逃亡者的生活只能是这样了。即使是少数,那也是生活。

六

在怀疑主义和理想主义之间,我总是毫不犹豫地站在怀疑主义的这一边。怀疑,有无限的可能,它是自由的。理想主义总有些欺负人,在许多时候,它欺男霸女。在理想主义面前,我们耗干了我们自己,最后,我们会吃惊地发现,我们站在了我们的反面。我们这一代人不是流亡者,但是,我们的身上有流亡者的血脉。从这个意义上说,《无知》的问题也是我们的问题。唯一不同的是,我们更年轻,我们有更多的怀疑时间。

七

最后我特别想谈一谈《无知》的翻译。许钧的翻译真的很棒。关于翻译,你要是问我"信、达、雅",我说不出什么来。但是,在读《无知》的时候,我有这样一种错觉,昆德拉的《无知》就是用汉语写的。这样的错觉让我舒服,很容易让我"进去"。作为一个不通外语的人,我以为,翻译得好不好,其实就是翻译家的汉语写作好不好。这个说法似乎有些偏执,但是,有一点是必须承认的,我们最后读到的只能是汉语,而不可能是别的什么。这么多年来我一直在阅读许钧的译作,在不同的作家那里,我感受到了许钧的开阔,多样性,体验他者的能力,以及把握整体风格的底气。说到底,还是他的汉语过得硬。

(发表于《南方周末》2004 年 11 月 4 日)

自　述

一

　　我喜欢许多东西，其中有一样叫关系，也就是男女关系的关系。我们活在世界上，自然和这个世界就有了关系。这个关系在哪里呢？在我们的感受和判断中。因为是"我们"的感受和判断，这一来就有意思了。人和人不一样，有些人是一块平整的玻璃，透过他，你看到了什么世界就是什么；有些人是凸透镜，从他的身上你只能看到放大的本体，真相永远是巍峨的，阔大的；有些人是凹透镜，所有的一切到了他那儿就缩小了，千丝万缕，纤毫毕现；而有些人干脆就是镜子，他是阻隔，你从镜子里只能看见他自己，当然，还有一些被颠倒的东西。所以，可供所有人信赖的关系是不存在的，有的只是这样一个基本的事实：一个人是一个世界，一个人构成了一种关系。

　　关系这东西就是这样变得可爱起来的。它有了蛊惑人心的魔力。究竟哪一种关系是可靠的、真实的？你永远也不可能知道。但是，有一种人，他渴望知道，这个人就是作家。作家最渴望得到的是一个数据，那就是，你的感受与判断和这个世界能不能构成1∶1的关系。换句话说，你能真正地知道世界的真相么？你凭什么就认准了这个世界是"这样"的呢？

　　由此，人与人成了一个核心的问题，我们彼此并不知道。它是写作的困境，也是"活着"的困境。

更可怕的一点还在于，这个世界上有极权，极权给我们下了死命令，它告诉我们："世界就是这样！"如果你认为世界不是"这样"，你就必须受到"教育"与"改造"，在"教育"与"改造"过后，我们变成了一个浩大的集体，中国人就是这个世界上最大的集体。我们在集体之中，我们为集体而活着。

在许多时候，一个普通的中国人，其实处在泰坦尼克号上。当泰坦尼克要下沉的时候，你只能往下沉。这就是我反反复复在写的东西。我与这个世界究竟可以构成怎样的关系？这是推动我进一步往下写作的基本力量。

二

我的小说，写了很多种类型的人物。但给读者留下较深的印象的，一是农民，一是女性。《玉米》《青衣》，包括我的新书《平原》都是这样。

"五四"之后，面对中国的农民，许多作家都做了很多很好的功课。但是我认为，除了鲁迅以外，大多数都做得并不好。我说做得不好，依据是什么？我的依据是，许多作家都有一个道德癖，在他作为一个精英分子出现的时候，他是带着感情来的，来干什么？来发放同情。我们的文学似乎有了这样的一个铁律：把同情心给了农民，然后，像模像样地洒一两滴泪，他的工作就完成了，同时，他自我美化的壮举也就完成了。鲁迅不这样。鲁迅面对农民的时候，他会仔细地看，正过来看，反过来看，甚至，翻过去看。鲁迅的"农民"立体感要强得多。就凭这一点，鲁迅高出了同代作家一大块。其实，在农民这个话题面前，作家是很难下手的。举一个例子,我有一次到南京师范大学跟同学见面。一个同学到我家去接我,接我的时候路过楼的拐角,几个农民正蹲在那儿。那个同学自言自语说:"淳朴的农民。"我立即就停了下来,我说,你怎么知道他是淳朴的?你的依据是什么?我告诉他,"淳朴的农民"是一个判断,你这个判断是你的小学老师、中学老师、大学老师作为一种知识给你的,而不是生活给你的,不是你和农民在一起摸爬滚打、在一起构成了丰富、复杂的人际关系之后得出来的结论。如果你要说淳朴的农民,我希望你把你老师的话全部忘掉,等你和农民有了接触,和农民一起生活、血肉模糊的时候,那时,你说淳朴的农民,我就信。我要说的是,农民身上有淳朴的一面,有绝对善良的一面,但是千万别忘了,农民身上还有极其残忍的一面。可是,对于农民身上的残忍,轻易地去批判,我恰恰又是不敢的。为什么,农民的残忍自有其原因,一旦他失去了残忍,他也许就无法活下去。所以,我首先要关心一个问题,在什么样的环境下面,我们的农民不需要残忍,他还可以体面地活下去!所以,关于农民,这几年我在反反复复地写,其实,每一次写的时候,我都特别地犹疑,特别地困惑。《平原》里写的也是农民问题,但我不敢说,我对农民有了发言权。对我来说,农民问题依然是个巨大的黑洞。

我的小说另外一个人物类型是女性形象。玉米三姐妹,《平原》里的三丫、吴蔓玲,都是我比较用心的对象。谈到这里,我可以引用一位哲学家的话:"只有妇女解放了,社会才会解放。"我想,如果我这样说,很可能体面一点。但是,我不想说谎,我写妇女,动机不在这里。我的动机还是对命运和性格的好奇。在命运和性格面前,写男人和写女人是一样的。有人以为我是一个女权主义者,我不是。女权主义能否成为人文主义之外的一个主义,我是怀疑的。我每一次出门参加活动，都会有人问我同样的问题，你为什么总盯着女人不放？我的回答其实也是一样的，相对于文学来说，人物是无性别的。我没写女人，我写的是人。当然喽，在写作中，我不能犯常识性的错误。比方说玉米若是男人，我不会安排她去生孩子，比方说筱燕秋若是男人，我不会安排她去堕胎。但除此以外，人生中的一些境遇，人内心对疼痛的敏感，人对外部世界的体验，我觉得是一样的。如果作家关注的问题，仅仅是女性的问题而男性可以逃脱；反过来说，如果仅仅是男性的问题而女性可以逃脱，那么我觉得这个作品可以不写。对我来说是这样的。

三

在中国当代作家中，有很多优秀的作家，譬如一出道就达到了极高水准的苏童，他极有天分。譬如后天完成得特别好的王安忆。你问我最热爱谁？莫言。莫言是伟大的小说家。我喜欢他身体好。他身体好不好？我不知道，但我认准了他身体好。当我作为一个读者去看小说的时候，我有点怪的。透过文字，我喜欢看这个作家身体好不好，能不能吃。只要我认为这个作家有非常强健的体魄，我就一定会喜欢他的小说。我觉得莫言身体特别棒，在一次答记者问的时候，我说：莫言有两颗脑袋、三颗心脏、四个胃、八个肾，这个荒谬的感受就是莫言的文字给我造成的印象。透过莫言的文字你感觉到，他有惊人的能量。莫言的那双眼睛多么好，对色彩是多么敏感。你可以发现莫言的耳朵是多么好，不管是公猫叫还是野猫叫，他一听就知道，说什么，他也听得懂。然后，你可以看到莫言的鼻子是多么厉害。他的小说里大量地写许许多多的气味，他写水的气味、阳光的气味、大蒜的气味、女人身体的气味。你读的时候可以感觉到那个气味很厚实，具有亲和力，扑过来似的。读莫言你可以产生幻觉，然后，身临其境。当然，莫言的小说也有很多毛病，但是，他就是这样，我认为莫言是一个可以在批评面前获得豁免权的作家。他有毛病又怎么样？要求莫言完美是野蛮的。

（发表于《小说评论》2006年2期）

行为与解放

在我的眼里,《红高粱》首先是一首关于"行为"的诗篇。这个"行为"也可以理解成体育比赛里的"自选动作"。严格地说,直到二十世纪的八十年代,我们的当代文学依然缺少人物的行为,我们能够看到的其实只是集体操里头的"规定动作"。《红高粱》的出现使我们当代文学的人物一下子生动起来了,我们发现,我们小说中的人物也会走路了,他(或她)在小说的内部健步如飞,可以从小说的这一头一直奔跑到小说的那一头,这和作家背着人物在作品中步履蹒跚是不一样的。在《红高粱》里,我们可以清晰地看到"我爷爷"和"我奶奶"光滑的身躯在汉字的背后蚯蚓一样蠕动。我要说,张艺谋是聪明的,他在恰当的时候把《红高粱》的"行为"用摄像机的镜头放大了,并用高粱叶子妖荡的扭动做了背景。后来满世界都知道了,遥远的东方不只有神秘、阴森、心机和小脚,也有狄俄尼索斯(酒神),他在尖锐而又古怪的乐声(唢呐)中为所欲为。什么叫"为所欲为"?简单地说,就是自主的行为与能力。我一直认为,"行为"是小说的硬道理。

在"行为"之外,《红高粱》还是一首"解放"的诗篇,这和"行为"是一而二,二而一的。在《红高粱》之前,我还没有从别的中国作家的身上如此强烈地感受到小说是"人"写的,——作家的眼、耳、鼻、舌、身,他流动的血液,他的心脉,他勇敢的、无坚不摧的力比多一股脑儿和汉字搅和在一起了。我至今还记得我读《红高粱》的时候所受的刺激(那时候我还是一个在校的大学生)——这刺激是多么简单,那就是,我充分地看到了、听到了、闻到了、触摸到了。我为《红高粱》的有效而振奋不已。不好意思,在这里我要透露我的一个小秘密,1988年,我去了一趟疯长红高粱的高密。在高密,我看了,听了,闻了,摸了。高密之行的目的是瑰丽的,朴素的,也许还是基本的,作为一个人,我用文学的方式使用了我自己。

说到这里我必须强调,《红高粱》产生的时候,"身体"还不是一个有趣的概念,它散发着难以启齿的气息,我们在拒绝皮肤的反光。而那个时候的作家呢,作家的身体总和他们的作品保持着距离,彼此都很矜持,遥不可及。透过作品,我们很难感受到作者的血液流动,他的心脉,他的胃液分泌,他蛮横的、无坚不摧的力比多。《红高粱》一下子使我们的小说拥有了"自由感知",它使你相信,小说家的器官原来是长在小说里的,同样,小说原来是长在小说家身上的,你一定要让它们分开,只有像日本人对付罗汉大叔一样,把他的皮扒了。

在合适的作家与合适的文本之间,因为"自由感知"的存在,作家与文本有效地构成了互文,它们彼此激荡,行风,行云,行雨,仿佛一场艳遇,所以惊天动地。

可是我还是认为,"自由感知"是不能完成小说的,《红高粱》的贡献就在于,作家把自身的"自由感知"最终上升到了他人的"行为",是"行为"构成了关系,是"关系"支撑了小说。

在中国当代文学的进程中,我不敢说《红高粱》为我们提供了一则上限,不,我不会这样说。上限是不存在的。可是,我可以说,《红高粱》为我们给出了一个下限:小说到了这儿才能叫小说。小说必须是"人"写的,前提是,你这个"人"必须是解放的,起码，你的内心充满了解放的动机。为此，你不惜让自己的内心变成一个马蜂窝。

小说是没有用的，如果一定要有，是它所提供的争取自由的姿态，这个姿态可以是自觉的，也可以是不自觉的。只要这个姿态在，自觉有自觉的价值，不自觉有不自觉的价值。话说到这里我就想表达这样的意思：小说其实还是有用的。小说有它的人文性，它的人文性就在于，它为我们提供了这样的一个机遇，我们可以透过小说考察一下，"人"的可能性究竟到了怎样的一种程度。这种程度有可能表现为一种现实，也有可能表现为一种意愿，或幻想。

《红高粱》的天纵才情为我们八十年代中、后期的人们提供了一次幻想，这幻想具有坚定的现实性，它告诉我们，我们的尊严，我们的方法也许就在里头。

（发表于《南方文坛》2006 年 5 期）

厨房里的春节

我当然是厨房革命的拥护者,看着今天的厨房,想想十年二十年前,你一下子就明白生活里发生什么了。今天的厨房明亮,整齐,清洁,芬芳,无论是厨具、炊具、餐具、燃具、洁具,对了,还有燃料,都给人以现代和科学的印象,我要说,现在的厨房好,又美观又方便,也许还是年轻人接吻和背后拥抱的好地方。

可是,有些话是不能说死了的,一到了过年,我就看出现代厨房的短处来了。它太理性,它的线条和色彩都太上规矩,太工业,太工艺,不"闹",它不适合春节,那种轰轰烈烈,那种热气腾腾,那种水雾迷漫。这么一说我就回忆起"老土"的厨房来了,我要说,"老土"的厨房里,才有"过年"的真景象。

现在,我就要说乡下了。其实呢,过年本身就是一件很"乡下"的事。既然"春节"是农业文明的产物,"乡下人"当然就格外地顶真。过去的乡下人用的是灶,烧的是草,他们的厨房就不可能小,它必须大。再穷、再酸的人家也要有一间阔气的、铺张的大厨房。而有些干脆就在正屋。到了大年三十,每一家的烟囱都昂扬着,炊烟款款地冒出来,有了庄重的派头、喜庆的派头,同时也是热火朝天的派头。其实,这只是一个表象。你到厨房里看看吧,灶膛里的火是蓬勃的,那是稻草的火,又大又亮,它随着风箱的"拉风",有节奏地映红了厨房。锅里头呢?有油,那可是"春雨贵如油"的油,是地道的菜油或者猪油。它们在翻卷,腾起浓烈的烟,呛人的香,还有骄傲的吟唱。这只是"热锅",却已欢天喜地了。等菜下了锅，香味就变得和屋子一样大了，还缭绕不散呢。孩子们就馋了，急了，有了不可告人的盼头，很慌地偷嘴。直觉得过年好。都盼了364天了。大人们觉得孩子们碍脚，孩子们也觉得大人们碍脚，就在这样的忙乱中，厨房里挤成了一团。厨房里其实是脏的，无序的，不能不说的是，还是匮乏的。可是，在火光、气味、烟雾的包围中，大人和孩子都忙碌着，心甘情愿地做了一回热锅上的蚂蚁。他们在厨房里进进出出，因为过年，稳当的乡下人失去了稳当，可不是么。"年"在哪里？在厨房！就在厨房里的脏、乱、香、亮。

再看看现在的厨房，显然，它不是为"过年"预备的，它整洁，卫生，却永远失去了召唤力，失去了蛊惑人心的力量。"过年"当然是要吃的，可是，我们的吃少了一环，那就是热情洋溢地犒劳自己。想想吧，大年三十，回到家，拉开灯，走进一尘不染的厨房，拉开冰箱，取出一袋冰冻元宵，来到煤气灶的面前，turn on。烧好水，把元宵烧熟了，干干净净的，按部就班的。然后呢？饱了。

过年的意义当然不在温饱，从这个意义上说，我是有些怀念旧时的厨房的。可是，我又还是觉得今天的厨房好，就是无趣。嗨，让我说什么好呢。

（发表于《莫愁》2007年4期）

文学的拐杖

这是一部"文革"期间的作品,《半夜鸡叫》,是《高玉宝》的一个片段,我们可以把它当作一个短篇来读。它写于二十世纪五十年代,风行于"文革"期间。现在的年轻人也许不知道这个作品了,但是,在当时,它是家喻户晓的。《半夜鸡叫》这个故事非常简单,是一个红色的主题,写一个叫周扒皮的地主压迫长工。照理说,长工应该是在天亮之后,也就是鸡叫之后才起床去干活的,可是,周扒皮很狡猾,他每天天不亮就去学鸡叫,引得村子里的公鸡都叫唤起来,长工们只得起床,下地干活。后来,农民终于知道这个阴谋了,他们把周扒皮抓住了,暴打了一顿。

这是一个非常有趣的故事。然而,在我很小的时候,我对这个作品心里就有一个疑问,我觉得这个故事不够革命,故事里所描写的地主还不够坏:周扒皮为什么要去学鸡叫呢?多此一举嘛,他完全可以手拿着长棍或皮鞭,天不亮就把长工们的房门踹开,然后,对着农民的屁股每人就是一鞭,大声说:"起床!干活去!"

我觉得周扒皮是可以这么干的,他偏偏就没有。这是一个非常有意思的话题。按道理,这部作品流行于一个特殊的年代,作者完全可以把地主往无恶不作的路子上写,甚至,可以往妖魔化的路子上写,可周扒皮为什么要去学鸡叫呢?

这个问题从作品自身也许是找不到答案的。但我们可以换一个办法来考察一下,假使,我们现在面对的不是小说,而是现实生活。我就是那个地主,你们就是那些长工,事情会是怎样的呢?

我要剥削你们，逼你们干活，这个是一定的。但是，有一点我们又不能忽略，无论地主还是长工，中国的农民就是中国的农民，脸面上的事终究是一个大问题，他们很难跳出这样的一种人际认知的框架，那就是抬头不见低头见。一方面，我要强迫你们劳动；另一方面，我又要尽可能地避免面对面。这里头就有了日常的规则，生活的规则，我们也可以把它叫作生活的逻辑，或者干脆，我们也可以叫它文化的形态。这个文化形态是标准的东方式的，中国的，那就是打人不打脸，说得高级一点，就是乡村的礼仪。中国的农民是讲究这个东西的。现在，好玩的事情终于出现了，周扒皮和公鸡产生了关系，公鸡又和长工产生了关系。这一来事情就好办多了，——不是我在逼迫你们，而是公鸡在逼迫你们。在这里，公鸡不再是公鸡了，它有了附加的意义，它变成了一个丧尽天良的地主所表现出来的顾忌。

我们不去讨论《半夜鸡叫》这个作品的好坏，我只想说周扒皮的顾忌，这个顾忌是有价值的。我不知道《半夜鸡叫》在当时是怎么流行起来的，从当时的文化背景来看，它实在是太反动了，是蒙混过关的。地主阶级剥削农民还要有所顾忌么？我只能说，作者在这个地方一不小心流露出了一样东西，这个东西就叫"世态人情"。就因为这么一点可怜的世态人情，周扒皮这个老混蛋有特点了。我记得当年我们每年都要演《半夜鸡叫》，几乎所有的孩子都抢着去演周扒皮。现在回过头来看，和南霸天与胡汉三这些反面人物比较起来，周扒皮更像一个坏人，进一步说，他有点像一个人了，他的"鸡叫"使他和那个时候的反派人物区别开来了，那个时候的反派人物不是人哪，是妖魔鬼怪，为什么是妖魔鬼怪呢？这个问题我们后面还要谈。总之，周扒皮的坏超出了我们的想象，然而，说到底，又在可以想象的范畴里面。孩子们痛恨他，却喜爱这个艺术形象，他的身上存在着农民的身份认同和文化认同，爱占便宜，却又胆小，怕过分，当然还有狡诈。

是鸡叫构成了《半夜鸡叫》的"戏剧性"，是鸡叫折射出了周扒皮人性里的复杂面。"文革"中是没有所谓的文学的，我只能说，就在那样的文化语境里，《半夜鸡叫》多多少少沾了文学的一点边，因为它在不经意间多少反映了一些世态人情，虽然它是极不自觉的。

对小说而言，世态人情是极为重要的，即使它不是最重要的，它起码也是最基础的。是一个基本的东西，这是小说的底子，小说的呼吸。其实，这个东西谁不知道呢？大家都知道。但是，每当我们讨论文学的时候，不知道为什么，我们似乎总是容易忽略它。就目前而论，读者、批评家、媒体对中国文学的现状大多是不满的，话题很多，小说的文化资源问题，小说的可持续发展问题，作家的思想能力问题，作家的信仰问题，作家的人文精神问题，作家的想象力问题，本土与世界文化的关系问题，作家的乡村写作与城市挑战，作家与底层，图书与市场，作家的立场、情感的倾向，作家与体制的关系，作家的粗鄙化和犬儒主义趣味，还有小说家懂不懂外语的问题，很多。这些问题重要不重要？当然重要。可以说每一个问题都很重要，每一个问题都可以让一代作家辛苦一个世纪。可是，我始终觉得，世俗人情这个问题多少被冷落了，我这么说有依据么？有。我的依据就是现在的作品，是我的写作和我的阅读。

中国的小说进入二十世纪八十年代以来，小说的进展基本上体现在观念上。观念很重要，尤其是一些大的观念，观念的问题不解决，我们的小说就不可能是今天这样的局面。现在，我们的小说已经进入了一个"泛尺度"的年代，人们普遍在抱怨，小说再也没有标准了，什么样的小说是好的呢，什么样的小说是不好的呢，我们再也说不出什么来了。可这是好事。由一个强制的、统一的观念，强制的、统一的标准时代进入到现在的"泛尺度"时代，可以说，是二十世纪八十年代以来观念的争论、观念的辨析所产生的直接后果。"泛尺度"或"失度"，它的根子不在今天，而在二十年前。文学没有崩坏，我们只是享受了当年的成果。我们应当为此高兴。至于看小说的人少了，文学没有以前热了，那个原因不在小说的内部，我们可以另作他论。

但是，二十多年过去了，在一些观念的问题上，我们当然还要争，还要辩。这是没有止境的。但是，我想说的是，观念的辨析，尤其是一些重要的观念的辨析也误导了我们作家，以为文学，尤其是小说，就是观念。只要站在观念的最前沿，作家就拥有了小说最先进的生产力。就如同我拥有了原子弹，你的手榴弹就再也不是对手了。文学不是这样的。

今天的小说最大的问题在哪里呢？我这么说当然首先是自我批评的，我认为，还是作品不扎实。"虚"，还有"漂"。多年以前北京有个说法，叫"京漂"，我看我们的小说，包括我自己的小说，很多都是"小漂"。写不动了，小说推进不动了，就所谓地"想象一下子"。我在答记者问的时候曾经就这个问题对"想象一下子"做过批评，后来遭到了反批评。说我不尊重想象力。我没有多大的能耐，可这个问题我能不懂么？我想说，想象力不是这么玩的。想象力绝不是小说推进不下去的时候"想象一下子"。那不叫有想象力，那叫回避。回避什么？回避小说的基本的东西，那些世俗人情。回避的结果是，小说中事不像事，人不像人。勒·克莱齐奥写过一篇小说，叫《战争》。小说从头到尾没有一个事件，没有一个人物。诺曼底大学有一个文学教授是专门研究他的。他到南京来讲学，我说："你真的喜爱勒·克莱齐奥么？"他的回答可爱极了，他说："我不喜欢，但是，他给了我一份工作，我可以永远地谈论他。"

世态人情是要紧的，无论我们所坚持的小说美学是模仿的、再现的、表现的，无论我们的小说是挣扎的、反叛的、斗争的，世态人情都是小说的出发点，你必须从这里起步，你必须为我们提供一个小说的物理世界。北岛说："卑鄙是卑鄙者的通行证，高尚是高尚者的墓志铭。"这是诗，即使只有这两行，北岛就可以有资格成为北岛。但是，同样是这两行，绝对不足以使北岛成为小说家。当然，人家也犯不着去做什么小说家。我用这个例子只想说明这个道理，如果北岛是小说家，我就有权利问他：高尚者姓什么？男的还是女的？为什么不愿意和人握手？额头上的那块疤是怎么回事？为什么不跟父亲姓？结婚了吗？有没有孩子？孩子过生日的那天晚上为什么要自杀？为什么要从城墙上栽下来？是自己跳下来的还是卑鄙者推下去的？为什么对卑鄙者说"我爱你"？墓在哪里？为什么是在法国？墓志铭的法语翻译成汉语是什么意思？谁写的？为什么没有署名？这些问题北岛就必须回答我，起码，他的作品要回答我。北岛没有理由用"我不相信"就把我打发了。

舒婷不是小说家，在我们聊天的时候，她对小说的创作有一个十分有趣的说法，她说："小说家是要'填空'的。"作为一个诗人，她说着了。有人说，由于文化形态上的差异，中国的小说，尤其是长篇小说，在大的结构上有先天的不足。我的看法正好相反，我觉得我们的烂尾楼特别多，顶天立地的，走过去一看，就一个空架子,有几个人影子在里面晃动,总觉得不像。还说这是"变形"。这样的话在八十年代是可以吓唬人的,在今天,吓唬谁呢?还是正视一下吧,在不算短的时光里,我们为文学提供了多少"人物"?我们的作品为什么是这个样子,是"填空"的工作没有做到位。我们要填。

写不好事,写不好人,最根本的原因是我们自己"不通"。一个作家不在生活的世俗场景上花工夫,把最基本的世态人情弃置在一边,然后,又贪大,这是相当危险的。不客气地说,很多作品一过了二分之一或三分之二就倒掉了。作家不是建筑工人,作品倒掉了,没有人来要求我们负法律上的责任,也没有人来扣我们的工钱。

托尔斯泰好不好,好。这个毋庸置疑。可是,撇开那些宏大的东西不谈,我们可以想一想,如果缺少了对"可怜的俄罗斯"的世态人情的有效把握,并通过世态人情的方式表达出来,即使老托尔斯泰天天磕头,把脑门子在地面上砸碎了也没用。我这样说一点也没有亵渎托翁的意思,相反,我崇敬他。

我为什么要说托尔斯泰呢?我只是想说,如果我们在"世态人情"这个地方做得好一些,即使我们不能成为小说的巨匠,伟人,我们起码把小说写得更像样子吧?这个也许是我们可以做到的。

结合一下实际的情况,我们来谈谈具体的作品吧。鲁迅有一部非常著名的作品——《药》,是被公认的鲁迅的代表作。这个作品可以说人人皆知。我们来看看鲁迅是如何去做的——

作品通过两个家庭——华家和夏家,"华""夏"代表我们这个民族了,华家出了一个病人,夏家则出了一个革命者。华家的病需要人血馒头,而夏瑜的血则通过刽子手最终变成了人血馒头。华家的人吃了,吃了也没用,于是,华家和夏家的人一起走进了坟墓。

鲁迅还有一个作品,《故乡》,我们对这个作品的熟悉程度差不多和《药》是一样的,在《故乡》里,"我"回到了老家,也就是故乡,遇见一个儿时的玩伴闰土。在这里我们要强调一下,闰土和"我"是儿时的玩伴,一起长大,是两小无猜的关系。可是,当"我"回到家,再见的时候,面对闰土的时候,那个遥远而又温暖的记忆仍还停留在"我"的脑海里并翻腾的时候,闰土出现了,对着"我"恭恭敬敬地喊了一声"老爷"。每当我阅读到这个地方,面对"老爷"这两个字,我的心就咯噔一下。世态沧桑啊,物是人非啊。那么亲密的发小,仅仅是因为过去的时光,世道,怎么就这样了的呢?太让人伤心了。彼此就在眼前,却再也不属于对方了,和死了也差不多。

我们可以做进一步的分析,事实上,无论是对《故乡》还是对《药》,我们的前人都已经分析得很好了。尤其是《药》。无数的评论告诉我们,鲁迅在《药》里头要评估革命的失败,他要评估知识分子与民众的关系。为此,他不停地加以暗示,用尽了象征的手段。连"秋瑾"和"夏瑜"的名字都是对仗的。鲁迅在"听将令",所以他要做分析,他要做总结,他要告诉人们,改造国民的现状到底是怎样的,他要告诉人们,知识分子与民众之间的关系到底是怎样的。鲁迅给了我们一个结论——知识分子与民众是隔阂的。在这样的隔阂面前,中国的启蒙将是必需的,同时也是困难的。中国现状是两座坟。

鲁迅花了那么大的力气写出了《药》,一望而知的,处处埋了伏笔，写得很卖力，很硬，可是我认为，《药》里所表达的意思，《故乡》里都有。如果我们一定要说，鲁迅渴望表达知识分子与民众的隔阂，《故乡》又何尝不是这样的呢？其实我想说的还是这样的一句话，《药》里头所没有的意思，《故乡》里也一样有。那一声"老爷"真是太复杂了，多么震撼，多么有力量，又是多么无奈，最重要的是，多么日常，许多人都可以遇上的，没有写出来，或者说，没有能力如此这般地写出来罢了。鲁迅的伟大，不只在《药》，还有《故乡》。革命是大事，比这个大事更大的，是世态。这里我就想起了小说的大和小的问题，有时候，小的小说也许比大的小说还要大。这里就牵扯到一个作家对生活的理解，对存在的理解了。

　　我曾经做过设想，如果我是鲁迅，我来写《药》，我会怎么写？两条线是必需的，为了"遵命"，我也许会把"夏家"作为主线，也就是所谓的明线，而让"华家"做副线，也就是"暗线"。为什么？这样更有力度，更能体现这个作品的目的，我为什么不把革命者直接拉出来呢？拿革命者做暗线，肯定和我的初衷相违背。这个道理鲁迅一定是懂得的。困难就在于，这一条线如果去"明写"，鲁迅写不动，他缺少夏瑜的日常面，他只能用小说的"技术"去处理。

　　鲁迅的小说才能是了不起的，尤其在短篇上面。可是，《药》写得费劲啊，我看到的是一个作家的郁闷和努力，这当然是可尊敬的，然而，请允许我实话实说，我觉得《药》"隔"。再看看《故乡》，是多么自然，一下子抵达了我的心坎。"老爷"，听得我难受死了。作为一个读者，我被感染了，有了共鸣，我觉得我的情感也很真实。不是吗，亲兄弟一样的人，不认我了。离开了真实的世态人情，《故乡》哪里能有如此生动的局面？

世态人情不是一个多么高深的东西,这个貌似不那么高级的东西,特别容易被我们这些小说家轻易地丢掉。有些东西就是这样,有的时候不觉得,一旦丢掉,它的麻烦就来了。我特别强调一些基础的东西,如果我们要使小说写得更加有生命力,我觉得世态人情是一个不可或缺的拐杖。这根拐杖未必是铝合金的,未必是什么高科技的产品,它就是一根树枝。有时候,就是这个不起眼的树枝,决定了我们的行走。在这里我甚至可以放一句狂话,任何时候,小说只要离开了世态人情,必死无疑。

有一句话或许我们听得特别多,那就是"作家要去深入生活"。这句话看上去对,其实也不对;这句话看上去不对,其实也很对。为什么这么说呢?因为有一个问题我们没有首先弄清楚,我们所深入的生活是"怎样的生活",还有,"如何去"深入。不把这两个问题弄明白,正面去说、反面去说都是扯淡。如果你是"遵命"去深入的,天知道你能"深入"什么地方去。这方面我是有正面的和反面的经验的。

我记得我读过一本书,是关于"二战"的。有关斯大林和总参谋长朱可夫之间的事。这里面有一段文字特别棒,大意是:德国人兵临城下,到了苏联的边境,斯大林一筹莫展。朱可夫把地图拿过来,告诉斯大林应该如此这般部署。这时候,指挥部里有一名中级军官对朱可夫非常地不屑,反问朱可夫:"元帅,你怎么知道希特勒从那边过来?"朱可夫的回答非常特别:"我不知道。根据我的判断,德国人只能从那儿过来。"

他们的对话和小说创作无关,但是,这是我读到的有关小说创作的最好的阐述。小说的创作是什么?如果让我来概括的话,我一定会引用朱可夫的那两句话:第一,我不知道;第二,根据我的判断,小说只能是这样。

一个作家打算去写一部作品,它的前提是什么,我想就是"我不知道"。是"我不知道"给了我们信心,是"我不知道"给了我们疯狂。"根据我的判断",我想这是斩钉截铁的。判断有它的意义,它使事件不再是事件,一下子上升到了现实的高度。因为有了判断,世界精彩了,小说也就有事情做了。

小说其实就是判断,做日常的判断,做理性的判断,做情感的判断,做想象的判断。在判断的过程中,小说得以展开,得以完成。作家在写的时候,他是一点点一点点地判断过去的,然后,作品中所有的人物各行其是,读者在读的时候,当然也是一点点一点点地判断过去的,他依靠作品中的事件、人物,高高兴兴地,或者悲悲切切地,考量生活的现实性与可能性。

现在的问题是,判断的依据是什么?朱可夫说得很好了,他其实已经告诉我们了,他根据的就是"我的判断","我"就是依据。这有点不讲理了。其实,道理就在这里。这里就牵涉到一个问题,这个"我"到底有多大的自立性。

刚才我讲《半夜鸡叫》的时候留下了一个话题,那就是反派人物的妖魔化问题。这个问题现在看起来是简单的,那就是那个时候我们的小说要写一个人,好要好到什么地步,坏要坏到什么程度,这些看似最简单的工作,作家自己就是做不了主。有人会对你提要求。就说写一个坏人,不要说人物怎么走,就是用多大的篇幅,用多少字数去描述,都是有要求的。人物的形象在作家的脑海里还没有生成,其实在别人那里已经有了。作家在这个时候没有一点"我的判断"。如果有,也就是那一声可怜的鸡叫。

我们还可以把话题深入一些,我不知道朋友们注意到没有,在我们的当代文学里，始终存在着这样一种路子的小说，这一路的小说有一个基本的定律，我发明了一个概念，叫作"县长—书记定律"。这一路的小说有一对矛盾，那就是乡长、县长、市长、厂长和书记们的矛盾。如果上面的精神是抓政治，那么，书记一定是正确的，带"长"字的一定要倒霉，不是政治上出了问题，就是经济上出了问题，要不就是生活作风上出了问题；相反，如果上面的精神是抓发展，那么，书记就会出政治、经济或生活作风上的问题。这样的小说一直到今天，不少很有影响的小说走的还是这个路子。我们不能说这样的小说都不好，我也没有都读过，但是，我形成了这样的阅读记忆，这种路子上的小说作家的"判断"是不在场的，都有一个"别人"在代替作家。作家的判断力仅仅用在了故事与情节的组装上。

作家和任何人一样，永远也不可能没有压力，只不过由于生活的形态不同，压力的表现有所不同而已，过去是过去的压力，现在是现在的压力。现在的压力少？版税、销量、媒体，这些都是。

人在压力底下容易失去判断，会用外部的力量来替代自己的判断，作家一旦不能"根据我的判断"，"县长—书记定律"就会出现，只不过主人公不再是"县长"和"书记"罢了。

也许我们会说，出现了这样的一个"定律"又怎么样呢？无非就是一个小说走向的问题，可是，没那么简单。因为这个虚假的走向并证明这个虚假的走向，小说所动用的所有材料就变得十分地可疑，作家的立场和情感也就变得十分地可疑，小说只能以违背世俗的常态为代价，这个时候，读者就有权利问了：你写的到底是不是我们的生活？

我就突然想起了张爱玲的姑姑评价张爱玲的一句话，你哪里来的这一身俗骨？我不知道张爱玲的姑姑是什么意思，可能是批评吧。似乎也不像。我们可以从张爱玲的转述里头看出一丝得意来。我也愿意从"俗骨"上看到非同寻常的意义。我们当然不知道张爱玲是一个什么样的人，但是，透过张爱玲的文字，我看到的是这样一个积极的意义，所谓的"俗骨"，是对日常生活的一腔热情，对世态人情的熟稔。它透彻，理解，领略，也许还有对基本生活的诚实。"俗骨"也许有许许多多的局限，但是，它有自己的主张，不肯让别人替代自己去判断，不容易受外界所左右。我认为这正是一个小说家的出发点。

这就是我所理解的"俗骨"，一个小说家的"俗骨"。这个"俗"是世俗的"俗"，是形态，而不是情态，不是市侩庸俗的"俗"。它们之间也许有联系，然而，更有质的区分。如果朋友们认为我在这里谈"俗"，就是号召作家做庸俗的市侩，这个账我是不认的。许多人的"俗"不是有"俗骨"，而是贱骨头。

我在年轻的时候是自信的，很可笑，我在写作的过程中有一种特别的判断，那就是，我认为作品中的主人公只有干"文学的事"我才会允许他进入我的作品，什么事是"文学的事"呢，其实也不知道，但是，有一点我是死心眼的，那就是他不能和饮食男女柴米油盐太贴近，一旦贴近了我就写不下去，就不好意思落笔，很害羞的样子。我就让我的人物做"草上飞"，还有"水上漂"。所以，在相当长的时间内，我的小说里头几乎没有一个像样的人物。

我又要说到《红楼梦》了，我们来看看曹老师的"俗骨"是如何在起作用的。第十一回里头，秦可卿病了，凤姐去看望她，在场的还有宝玉和贾蓉。凤姐先把两个男人打发了，和秦可卿说了一大通话，很抒情的，说到后来，"不觉又眼圈儿一红"。我们可以从红着的"眼圈儿"打量凤姐的心情,以及她和可卿的关系。这些都是真的。离开的时候,凤姐到了院子里,曹雪芹当即就描绘了院子里的景色,凤姐女士"看着园中的景致,一步步行来"。在这里,空间的关系是紧凑的,人物的心理也是紧凑的,却脱节了。按理,凤姐的心情还沉浸在伤痛之中,可是,凤姐就是"一步步行来"。这也是真的。接下来绝了,凤姐遇上了贾瑞。一见面,凤姐从贾瑞的举止对贾瑞的目的就心中有数了,可还是和贾瑞调了一番情。贾瑞在哪儿出场不行?曹雪芹偏偏就安排在这个时候,一个刚刚探望过病人和友人的时候,太棒了。这里既写了贾瑞,也写了凤姐,使凤姐的内心多了一个维度。然后,凤姐干什么去了?看戏去了。一大堆的女人。更绝的来了。我以为曹雪芹在这个时候对凤姐的描绘是惊天动地的,她立起身,对着楼下看了一眼,说:"爷儿们都哪里去了?"凤姐这个时候刚刚从秦可卿的病房里出来,贾蓉是她刚刚打发走的,她所说的"爷儿们"是谁呢?她的目光在楼下找谁呢?不知道。一个婆子说:"爷儿们喝酒去了。"凤姐说:"在这里不便宜,背地里又不知干什么去了。"凤姐为什么在这个时候说这个?她到底在想什么?为什么刚刚看完了病人想这些?这句话是《红楼梦》里的一个洞。这是一个小说之洞,文学之洞。尤氏在这个时候还拍了一个精彩的马屁,尤氏说:"哪里都像你这么正经人呢?"

联想起"爬灰的爬灰,偷小叔子的偷小叔子",这里对凤姐的描述可以说惊若天人,这是怎样的"花样年华"?这里一共就几百个字,曹雪芹什么都没说,什么都说了。你自己去看吧。天才呀,天才。伟大的小说家。世事洞明,人情练达。小说就应当是这样的,多么迷人哪!至于一部小说最终想表达什么,那是另外的一个话题了。

你一定要说曹雪芹有多么大的小说技巧,不见得。他没有读过《文学概论》,也没有读过《小说修辞学》。什么是技巧?小说本身没有什么技巧,如果一定要说有,都在世俗人情里头。是生活复杂的线性赋予了小说的跌宕,而不是相反。所谓技巧,在我的眼里无非就是作品反映出生活的质地、来龙和去脉,或形似,或神似。得"像"。怎么才能"像",作家不通世俗人情是不行的。我只能说,曹雪芹懂,曹雪芹通。因为懂得,所以慈悲。《红楼梦》就是曹雪芹一步一步地由"我不知道"判断着"推"下去的,越来越像,同时,越来越不像,只留下白茫茫一片,又苍凉又苍茫。除了眼泪,只有喟叹。除了日常,还有荒唐。叫人说什么好呢?

在这里我还要谈一谈加缪的《局外人》,这篇小说我特别喜欢,我已经多次在不同的场合说起它了。我们来看加缪是如何去做判断,一步一步将小说深入下去的。

小说的走向我们都知道,"我"的母亲死了,"我"就去奔丧,在母亲的遗体前,"我"喝了咖啡,吸了烟,后来"我"还和一个女人做了爱,都是对死者大不敬的举动。后来我因为意外杀了人,小说的第二部分就此展开了。"我"上了法庭。在阅读小说的时候,读者也是在判断的,读者的判断是,下一步,作品一定会围绕着法庭辩论而展开了吧?是的。是法庭辩论。可是,真正的小说出现了,法庭并没有论证"我"为什么杀人,有没有罪。加缪的判断是,法庭在这个时候必须证明"我"在母亲的尸体前到底有没有喝咖啡、吸烟、做爱。如果这一切得到了证明,那么,"我"只能是一个十恶不赦的家伙,"在心里就是一个杀人犯"。只要证明了"我"是"精神上"的杀人犯,"我"是故意杀人还是过失杀人就不重要了。加缪的判断是反世俗的，反常识的，然而，这种反世俗、反常识却构成了另一种恐怖世俗的景象，那就是荒谬。

我不知道我的看法对不对，我以为加缪有他的世俗梦，他的世俗梦被破坏了，所以，他要让作品中的人物自我放逐，他要出击，大打出手，铁定了心思要做一个"局外人"。这是沉痛的，和阿Q这个"局外人"想"同去"而不能一样是沉痛的。加缪用他的反向判断完成了《局外人》这一部杰作。他的思想，他的藏而不露的，或者，干脆就没有的情感都依傍在世俗情怀的侧面。

我的任务是讲一个小时，现在时间也到了，不对的地方请批评。我来总结一下，无论文学怎么变，小说怎么变，作家说到底还是要做一个懂得世态人情的人，作家的世俗情怀不能丢，别的再重要，这个根子都不能丢，要不然，小说很难立得住，小说的目的很难达得到。没有世俗人情的小说，不只是烂尾楼，还是危险建筑。一句话，如果文学需要一根拐杖，我想说，把贱骨头丢了，从最基本的地方做起，来一根"俗骨"吧。

（发表于《上海文学》2007年7期）

找出故事里的高粱酒

"外面的世界很精彩",这是一首歌,它歌咏的是莫言的写作。

"他(我爷爷)把早就不中用了的罪恶累累也战功累累的勃朗宁手枪对准长方形的马脸抛去,手枪笔直地飞到疾驰来的马额上,发出沉闷的撞击声。红马脖子一扬,双膝突然跪地,嘴唇先吻了一下黑土,脖子随即一歪,脑袋平放在黑土上。骑在马上的日本军人猛地掼下马,举着马刀的胳膊肯定是断了。因为我父亲看到他的刀掉了,他的胳膊触地时发出一声脆响,一根尖锐的、不整齐的骨头从衣袖里刺出来,那只耷拉着的手成了一个独立的生命无规律地痉挛着。骨头刺出衣袖的一瞬间没有血,骨刺白瘆瘆的,散着阴森森的坟墓气息,但很快就有一股股的艳红的血从伤口处流出来,血流得不均匀,时粗时细,时疾时缓,基本上像一串串连续出现又连续消失的鲜艳艳的红樱桃。他的一条腿压在马肚子下,另一条腿却跨到马头前,两条腿拉成一个巨大的钝角。父亲十分惊讶,他想不到高大英武的洋马和洋兵竟会如此不堪一击。爷爷从高粱棵子里哈着腰钻出来,轻轻唤一声:

"'豆官。'"

这一段文字我们是如此地熟悉,它来自《红高粱家族》的《狗道》。附带说一句,在莫言庞大的作品系列中,我认为《狗道》是他最为杰出的作品之一。我为《狗道》没有赢得"萝卜"与"高粱"同等的关注而深表遗憾。莫言的天分与《狗道》结合得格外紧凑。《狗道》写得很"浑",不是"浑浊"的"浑",是"浑蛋"的

"浑"。用北京人不讲逻辑的说法,《狗道》是"浑不吝"的,很牛。

在这段不长的文字里大量地充斥着名词。他——我爷爷、勃朗宁、长方形、马脸、手枪、马额、红马脖子、双膝、嘴唇、黑土、脑袋、日本军人、马刀、我父亲、胳膊、骨头、衣袖、手、血、骨刺、坟墓、伤口、红樱桃、腿、马肚子、马头、钝角、洋马、腰、豆官。我要说,小说美学的根基在语言,语言的根基在词汇,词汇的根基在名词。只有名词所构成的小说才有可能成为真的小说。衡量一部小说的优劣往往有一个最为简单的办法,也是最为基础的办法,我们可以统计它的名词量。名词是硬通货。没有硬通货而只有观念与情感的文字有可能是好的论述,好的诗篇,但是,不可能是好的小说。这里的原因不复杂,小说是要建立世界的,名词是木柴、砖头和石头,或者说,是钢筋、水泥与黄沙。

新时期以来,第一个让我茅塞顿开的作家是马原,这一点我要认。马原为我们的汉语写作提供了新语言,——这差不多已经是被定论了的。几乎就在同时,另一个让我茅塞顿开的作家出现了,他是莫言。如果说,马原为我们的新小说提供了新语法,那么,莫言为我们提供的则是语言的对象。这个对象就是外面的世界。

这个世界上还有不涉及"外面的世界"的小说么?有。这就要回顾历史了。所谓的新时期文学有一个背景,那就是"绝对意识形态文学"。"绝对意识形态文学"是我生造的一个词,它不一定很准确。在相当长的时间里,我们的汉语小说里只有灵魂——我更愿意把它说成是立场或站队——没有别的。透过小说,我们看不到这个世界。这个世界是一个黑洞。我们的文学是"伪问题"下面的"伪世界"。我们的"日常经验"与小说所提供的"文学经验"是旷野上的马和牛，我们的阅读只能是风马牛。

这就是为什么"我就是那个叫马原的汉人"会具有非凡的意义，这就是为什么莫言铺张的、骁勇的、星罗棋布的、忽如一夜春风来的名词会具备时代的价值。他们不是先知，不可能是。但他们硬是把先知的活偷偷地给干了。

除了阶级、立场、站队、罪大恶极与罄竹难书，这个世界还有光，还有水，还有星空、数目、果实、飞鸟、畜生、昆虫、野兽。这些都是"神"造的，"神看着是好的"。当然，还有人，人和人的相爱，相仇，相助和相妒。

从什么时候开始，我们的小说就只剩下"人与人"了呢？只有人与人的阶级，只有人与人的揭发，只有人与人的正确与错误，光辉与罪恶。别的呢？别的都到哪里去了？

那时候的小说只要两句话就可以概括了：

"你坏！"

"去你妈的，是你坏！"

我这就回忆起一九八六年了。这时候已经是"新时期"了吧？一九八六年，我读到了莫言。我第一次阅读莫言的时候产生了一个令我战栗的念头，也许还是一个令我不好意思的念头——莫言的小说是我写的！这些小说之所以是莫言的，他只是比我抢先了一步。

我的意思是，我从莫言的小说里看到了"我"的世界。莫言的世界和"我"有关。我熟悉莫言小说里的所有"物质"，作为"物质"的对应物，我就仰起了脑袋，不可救药地爱上了那些硕果累累的名词。莫言的名词令我眼花缭乱，在耳朵里"嗡"啊"嗡"的。我就馋，还饿。

名词是奇妙的，它从来不孤立，它们有内在的逻辑。即使那些名词原先是孤立的，经过艺术家的排列与组合，一个奇妙的天地就这样呈现在了我们的面前，或天堂，或地狱，或人间。

回到我在文章的一开头所引用的文字，透过爷爷、马脸、红马脖子、双膝、嘴唇、黑土、脑袋、我父亲、胳膊、骨头、手、血、坟墓、马肚子、马头、腰，我们容易得出一个合理的印象，这是一幅自然主义的画面，是标准的"外面的世界"。

问题是，"长方形"和"钝角"这两个狗杂种夹杂在里头。这是两个数理名词，或者说，概念。在很"自然主义"的图画当中，这两个名词和它们的同类失去了关联，它们是幺蛾子。它们扑棱扑棱的，通身洋溢着巫气般的粉尘。在一个血光入注（"红樱桃"这个姣好的名词强化了它）的世界里，"长方形"和"钝角"是突兀的，像黄河之水，是从天上来的。可是，当你把"长方形"和"钝角"还原到句子里头，它们又是那样地合适，再恰当不过了。这两个名词就该长在那儿。红杏枝头春意闹。

问题的关键是"我父亲"。"我父亲"这个名词是何等地关键，它在所有的名词那里游走。这一走，所有的名词合理了，有了奇妙的搭配。在这里，"我父亲"不再是一个名词，一个概念。它是一个视角，一个世界观，一个方法论。"它"决定了这个世界驳杂和斑斓的色彩，"它"决定了一些鬼祟的、直通灵魂的声响，"它"还决定了气味、味道、形状、节奏、速度。外面的世界真精彩。

在"我父亲"的神灵的引导下，一大堆的名词扑面而来。有的有翅膀，有的没有翅膀；有的有羽毛，有的没有羽毛；有的有胳肢窝的气味，有的没有胳肢窝的气味；有的华光四射，有的一片瓦灰。我所熟悉的世界陌生了。

名词与名词之间是有落差的，落差越大，世界越大，世界内部的张力越大。

莫言就这样肆意地破坏了名词之间的逻辑性。他把公牛弄成了足球，他把足球弄成了汤圆，他把汤圆弄成了冰山，他把冰山弄成了冰淇淋。阅读莫言总是刺激的。

春风不用一钱买。

说到这里我就要说出我的一个小秘密，我一直认为莫言是个酒鬼。他的写作总是在豪饮之后。我这样说当然有我的理由，这个理由就是，在莫言的笔下，名词与名词之间始终洋溢着浓郁的酒意。它们不安分。躁动。有时候甚至狂暴。我甚至还想起了罗曼·罗兰对克利斯朵夫的描述：他（克利斯朵夫，在酒席上）把各种各样的颜色往肚子里灌。许多人都不胜酒力，抱着脑袋摇摇晃晃地撞墙了。莫言却回家了。他打着酒嗝，用他笨拙的手指头野蛮地撞击他的键盘。在"各种各样的颜色"驱动下，莫言打开了他的一个世界，这世界汪洋恣肆。

很遗憾，莫言不是一个饮者。这没关系。我已经原谅他了，我也已经原谅我自己了。但现在的问题是，在莫言的名词与名词之间，为什么始终都带着酒意？

面对"外面的世界"，小说家的心态无非是两种：一、追求"一比一"的关系——尽自己的最大可能"原原本本"地复述、描摹，远古时期的希腊人把这种方式叫作"模仿"，也就是我们通常所说的"再现"。二、变形——变形又有两种情况：1. 往回收，罗兰·巴特就是这么说的，但是，干得最漂亮的却是加缪，他的《局外人》可以说是"往回收"的典范；2. 扩张，莫言就是这样。这两种方式也就是所谓的"表现"吧。

接下来的问题必然是接踵而至的，莫言为什么要"扩张"他的世界？他的目的究竟是什么？

莫言钟情于一样东西，这个东西叫"热烈"。莫言的扩张不在体量上，而在动态和温度上。他喜欢剧烈，他喜欢如火如荼。他甚至喜欢白热化。

事实上，面对自己即将表达的外部世界，每一个作家都有自己所喜爱的调调，余华？余华是收着的，我们可以清晰地听到余华的鼻息。我们完全有理由把余华看作东方的加缪。苏童却是扩张的，但他的扩张却来得有点蹊跷，他喜欢在"湿度"上纠缠。苏童的世界永远是湿漉漉的，像少妇新洗的头发，紧凑、光亮，有一垄一垄的梳齿痕，很性感。

莫言就不一样了，莫言雄心勃勃。面对莫言的文字，我们可以得出一个最具底线的判断，他雄心勃勃。他的器官较之于一般的男人要努力得多。它们更投入。莫言沉醉于自己的世界，这个世界是立体的、完整的。然而，最终的结果却让我们大惊失色，莫言把他完整的世界敲碎了。他要的不是完整。他要的是热烈的、蓬勃的、纷飞的碎片。

话说到这里一切都简单了，莫言是个悲观的家伙。他利用一切可以利用的名词，顺理成章地或不顺理却成章地建造他的世界，批评家们所说的"金沙俱下"就是这么来的。但我以为许多人对莫言还是误解了，我们还是没有好好地正面莫言的"过犹不及"。

"父亲眼前一道强光闪烁，紧接着又是一片漆黑。爷爷刀砍日本马兵发出潮湿的裂帛声响，压倒了日本枪炮的轰鸣，使我父亲耳膜震荡，内脏上都爆起寒栗。当他恢复视觉时，那个俊俏年轻的日本马兵已经分成两段。刀口从左肩进去，从右肋间出去，那些花花绿绿的内脏，活泼地跳动着，散着热烘烘的腥臭。父亲的肠胃缩成

一团,猛弹到胸膈上,一口绿水从父亲口里喷出来。父亲转身跑了。"(《狗道》)

老实说,阅读这样的文字对我们是一个考验。就局部来看,莫言真的是"过犹不及"的。他这样疯狂地面对"外面的世界"有必要么?那么多的名词有必要么?我要说,有。我这样说是在比较全面地阅读了莫言之后,他真是悲观。说到底,莫言所谓的"外面的世界"并不是"外面的世界",而是他"内部的世界":"我们"残忍。我们在肢解,在破坏,在撕咬这个世界。

他让这个世界璀璨是假的。他让这个世界斑斓是假的。两句话,他让这个世界热烈也是假的。他的目标是破碎。为了让破碎来得更野蛮,更暴戾,他让这个世界光彩夺目,他让这个世界弥漫着瓷器的华光,那是易碎的前兆。

"一九五八年,他(父亲)历尽千难万苦,从母亲挖的地洞里跑出来时,双眼还像少年时期那样,活泼,迷惘,瞬息万变,他一辈子都没有弄清政治,人与社会,人与战争的关系,虽然他在战争的巨轮上飞速旋转着,虽然他的人性的光芒总是力图冲破冰冷的铁甲放射出来,但事实上,他的人性即使能在某一个瞬间放射出璀璨的光芒,这光芒也是寒冷的、弯曲的,掺杂着某种深刻的兽性因素。"(《狗道》)

这一段文字并不好。甚至可以说,有点糟糕。这糟糕直接暴露了莫言,正如美女脸上的表情,偶尔流露的不好看的表情有时候反而是她的真本性。"我们残忍。"这是莫言对世界,对"我们"的一个基本的认识。

"我们"是不是像莫言所说的那样"残忍"?我们可以商量。我们可以用小说去商量,我们也可以用批评去商量,但是,莫言就是这样认为的。我坚信他的念头不可能是空穴来风。他的工作就是把他的想法"有效"地表达出来。他做到了。他干得很好。他拥有了自己的"世界"。

这就是莫言的基本方式,他为我们提供了一个"精彩"的"外面的世界",它鲜活、丰饶、饱满、多汁。然后,到处都是汁。莫言的美学趣味在"到处都是汁"的刹那里头,像爆炸,像狂野的涂抹,像沉重的破裂。五马分尸,凌迟,檀香刑。

卡尔维诺在论述老托尔斯泰的时候说:"与其说托尔斯泰感兴趣的是颂扬亚历山大一世时的俄罗斯而不是尼古拉一世时的俄罗斯,倒不如说他感兴趣的是找出故事中的伏特加。"卡尔维诺说得真好。我想模仿他:

与其说莫言感兴趣的是支离破碎的世界而不是一个完好如初的世界,倒不如说他感兴趣的是找到故事中的高粱酒。

高粱酒对莫言有什么用?有用。他要仗着酒气告诉我们,我们残忍。世界被我们弄成了碎片,焰火一样,——多好看哪。

可这些话莫言平日里是说不出口的,他不好意思。

(发表于《钟山》2008年5期)

你没有发过一个孤儿的财

我的太太自幼丧父,在灾难面前,她一次又一次流泪。可是,我的太太告诉我,对于失去了父亲和母亲的孩子来说,现在还不是最为痛苦的时候。我问她,什么时候最痛苦?她说,在青春期,主要是黄昏,她会在放学的路上突然产生幻觉——爸爸回来了,就在巷口,就在电线杆子的旁边。她清清楚楚地知道这是不可能的事情,但是,她会在那里等,直到华灯初上。

多年之前,太太曾经告诉我类似的话,我听了当然很心酸,可是,当我在电视里看到那些孤儿的时候,太太的话让我欲哭无泪。我决定把我太太的话写下来,目的只有一个,我想告诉千千万万的朋友们,救灾的路真的还很长很长。

灾难来了,大家在救灾,大家在捐款,大家在献血,每一个人都激情饱满,每一个人都在做自己力所能及的事,这是必需的,可歌可泣。但我们必须清楚地知道,这只是一个开始。

我敬畏激情。可激情自有它脆弱的一面,它至刚至猛,注定了不可长久。可以长久的是什么?是理性和爱。

我想我们可以慢慢地理性起来了,理性起来做什么?重建家园。这个重建家园可不是再建"房子"那么简单。老实说,以我们现在的经济实力,再建几个县城,再建一些乡镇,再建几十所、上百所学校,难不难?难,也不难。真正困难的是,得有人爱孩子。一直在爱,永远在爱。

这个"有人"的"人"是谁?不是一个人,两个人;不是一百个人，一万个人。是我们这些活着的人，是我们所有的幸存者。我们得为孩子提供一个更好的社会——只有好社会才能从根本上救灾，好社会才是我们重建的家园。

好社会的重要标志是每个人都敬业。我们每一个人都把我们手上的事情做好。做官的把事情办好，开车的把方向盘把好，写作的把文章写好，检验员把关口把好，建筑工人把每一块砖头砌好。人尽其才，物尽其用，这是可以做到的——这就是好社会。好社会的钢筋水泥在地震来临的时候也许还会倒塌，却不会在刹那间变成废墟。好社会一定还会有灾难，好社会的人一样有悲伤。但是，悲伤和悲伤是不一样的。好社会的悲伤里没有彻骨的遗憾，没有说不出口的苍凉，没有无处申诉的冤屈。

好社会的重要标志是人与人的互助。这个互助不只是危难时刻的剑胆琴心，它要家常得多，普通得多，仅仅是每个人的习惯。是日复一日的举手投足。是我们内心的储藏和必备。好社会的人在灾难来临之际即使没有一分钱的捐款也会得到人们的尊重——他（她）每天都在奉献，他（她）为这个社会已经奉献了全部。

好社会的重要标志是我们的每一个人都不要那么贪婪。你已经得到一百万的不义之财了，你就拿着吧，慢慢花。千万不要再想着如何再去捞一千万，一个亿。回头吧，兄弟们，姐妹们。不义之财是要不得的。尤其是那些善款，千万不能动。我们的眼里贮满了泪水，可我们的泪眼始终会盯着一些人的手。要记住，泪眼里不只有绵软的爱，也有力拔千钧的力量。

如果我们每一个人都意识到自己是幸存者，那么，十年以后，二十年以后，在好社会的黄昏，在某一个巷口，你会给一个迷茫的少女送去一份温和的笑容。

你知道会发生什么？她在心里会喊你"父亲"。

在此之前，我们唯一要做的事情就是问一问自己，我像不像一个父亲，我像不像一个母亲。

好社会的父亲都像一个父亲，好社会的母亲都像一个母亲。这需要时间。

不像也没关系。无论如何，那时候你不能是一个罪人——你必须没有发过一个孤儿的财。

（发表于《文汇报》2008年5月28日。

原题：救灾只是一个开始）

我有一个白日梦

1. 我有一个白日梦，在这个白日梦里，我将有两个儿子，还有五到七个女儿。我猜想我是一个父性很重的男人。我喜欢做父亲，尤其渴望给一大堆的女儿做父亲。遵照"贱养儿子娇养女"这个祖传的原则，我对我的女儿将无比地纵容。然后，她们一个一个出嫁了，我的女婿们却愁眉不展。他们不停地向我抱怨，你老人家怎么生下了这么一大堆不讲道理的东西。我能怎么办？我只有哄，哄完了我的女婿，再哄我的女儿。你们可要好好过日子啊。

感谢伟大的基本国策，有了一个儿子之后，我再也没有生育的资格了。但是，基本国策再伟大，它也妨碍不了一个小说家的白日梦。这就决定了我的小说里一直有家，一直有众多的孩子，——想想还不行么？

想想也不行。老实说，我越来越觉得小说不好写了。现在的"家"里还有什么？清汤寡水的。我不知道热心的朋友有没有注意过我新写的两个短篇，一个叫《相爱的日子》，一个叫《家事》。这两个小说都有一个共同的特征，它们始终徘徊在"家庭"的门外。我写得很痛心。写到这里我必须强调一下了，我没有否定基本国策的意思，一点都没有。在中国，实行计划生育绝对是一件必要的和正确的事。我只是想说，在执行基本国策的同时，我渴望闻到的那股子气味没有了，现实生活里没有了，小说里也没有了。——历史就是这么回事，它的进程就是还账。谁让我赶上了呢。

在《玉米》里头我让那个叫施桂芳的女人一口气生了八个孩子。

孩子生下来了，我就好办了。当施桂芳在小说的一开头生下第八个孩子之后，我一个人在书房里，摩拳擦掌。

2.《玉米》里头有一个混账的父亲。我一点也不喜欢他。可是，我得说实话，《玉米》这本书里始终洋溢着父性，那是我心底里的一点点温暖。我是自私的，我没有能力假公济私。假私济私呢？我有权力试一试。小说的最高准则其实就是假私济私。

我写小说的时候一直有父亲的心态，即使在我没有结婚的时候也是这样。这奇怪么？这不奇怪。我一直相信一个人在写作的时候是"带戏上场"的，或儿子，或情人，或做稳了的奴隶，或没有做稳的奴隶。这个假定的身份决定了一个作家的走向，当然，还有风格。我这样说有没有道理？如果有那么一点，我还想再放肆一下，我想说，一个作家的品格在他动手之前其实就确定了。

3. 假私济私是一种愉快的行为。《玉米》我写了四十天。在写作《玉米》的四十天当中，我很静。是沉静，也可以说是沉溺。我几乎离不开我的电脑。一离开我就走神。我的太太指责我终日恍惚，她不知道，她的丈夫一点都不恍惚。他已经私奔啦。

私奔的意思是这样的，在想象力的引导下，他确认了现实的可疑，他对另一个世界坚定不移。

有人说，《玉米》是一部经验小说。这是放屁。没有谁比我更清楚《玉米》是一部怎样的作品。

4. 如果我能够沉着一些，《玉米》将是一部爱情小说。这部爱情小说的主角是玉米，她什么都拿得起，什么都放得下，爱情来了，她傻了。我要写一个被爱情折磨得死去活来的姑娘，可是，在读者的眼里，她的幸福却可以上天入地。我要写的其实就是这么一个东西。如果有人问我为什么要这样，我就说，相信生活，你就不能相信小说，相信小说，你就不能相信生活。它们的精神是不一样的，貌合，神离。谁也没有撒谎，诚实使双方剥离了。这很有意思。可惜，我没有完成这个初衷。这也很好。生活不就是这样的么？你打算谈恋爱的，最后却成了丈夫；你打算做丈夫的，最后却成了父亲；你打算做父亲的，最终却成了孙子。我高高兴兴地接受了一个又一个不一般的事实。

5.《玉米》的进程让我知道了作家是多么不可靠。一部爱情小说就这样丧失了它的轨道。为了弥补，我写了《玉秀》，它同样丧失了它的轨道，为了弥补，我写了《玉秧》，后来又写了《平原》。我到底也没有能够把一部爱情小说写出来。

爱情的力量是多么巨大，它吸引我。走近一看，我笑了，爱情的力量实在是非常地渺小。我想我的表情已经有点严峻了，因为我决定了，我还是打算写一部爱情小说。

6.《玉米》我写了四十天，四十天里饱受折磨的人不是我，是李敬泽。我不能理解那些日子里我为什么那么热衷于自我表扬，近乎可耻了。在夜深人静的时候，我一遍又一遍地告诉敬泽："我写得好啊！我怎么就写得这么好的呢？"

我要感谢敬泽，他从来不烦我。即使哈欠连天，他也要严肃认真地听完我的絮叨，然后，很肯定地告诉我："不错。"他的口吻是缓慢的，疲惫的。他缓慢而又疲惫的口吻说明了他第二天的上午还要上班。我偏偏不这么看，在我看来，凌晨一点或凌晨两点的语气里有不容置疑的权威性。我原来工作得很好啊。

写小说的人是有侵犯性的，问题是，你是否幸运，你能否遇上一个可以容忍你的人。遇不上，那你就写吧。遇上了，你会写得更好。我的朋友们一直在包容我，我想把这个"经验"告诉我的同行们，得有朋友。得有！实在不行，活生生地弄出几个敌人来也比一个人好。既没有朋友也没有敌人的写作注定半死不活。它是打字。

7. 和小说本身比较起来，我更在意写作的状态。状态好的时候，一个小说家会不可思议地"被解放"。"被解放"是什么意思？几近荒谬了。我却格外地珍惜这样的荒谬。荒谬自有它的力度，可以抵达生命力最为核心的部分，它可以确认虚构的合法性，建立写作的尊严，演示想象力的饱和度。

为了一次又一次的"状态"，我坚持在写。我知道"被解放"的状态迟早会来，不是今天就是明天，不是明天就是后天。有时候我很沮丧，都一年多不来啦。就在我自认为江郎才尽的时候，它又来了。

"天无绝人之路。"说这句话的不是莎士比亚，而是一个大妈。她的嘴里只有一颗牙齿。她每一次说话的时候我的双眼都要盯着那颗牙，它没有表情，它只是配合了一个又一个复杂而又多变的表情。它使和善更和善，它比歹毒更歹毒。最后，它像一个智者的食指那样指向了前方，告诉我，天无绝人之路。

所以我不着急。我打算就这样写下去，一直写到我的嘴里只剩下最后一颗门牙。

8. 《玉米》的法文翻译是克罗德·巴彦。他在翻译的过程中自作主张，把玉米对彭国梁的称呼改变了。玉米和彭国梁正在恋爱，恋爱中的玉米忘情地喊了彭国梁一声"哥哥"。巴彦先生说，这是不可以的，一个妹妹怎么可以和她的哥哥恋爱？他们都吻成那样了。巴彦的意思我懂，他认准了我在小说中乱伦。他说，这里的"哥哥"必须翻译成"亲爱的"。

我对巴彦先生说,你最好改过来。这里只有"哥哥",没有"亲爱的"。喊"哥哥"的是玉米,不是"安娜玉米"或"玉米莎白"。巴彦先生急了,说,这样法国人看不懂的。我说,看得懂,这就叫文化交流。

"哥哥"和"妹妹"通常是没有血缘的,这就是汉语的血缘。

(发表于《文艺争鸣》2008年8期。

原题:《玉米》之外的点滴)

我能给你的只有一声吆喝

高考作文考的其实不是学生,它考的是老师,或者说,它考的是教育本身,它要看一看我们的教育已经把同学们训练到什么程度了。教育说到底就是"格式化",它是预备,它要为"自然人"最终变成"社会人"做准备,这是必需的。人总要走上社会,人和人总要交流,人和人总要理解,人和人总要协作——如何交流?如何理解?如何协作?训练相近的、相似的思维模式和语言表达是一个捷径。如何才能训练相近的、相似的思维模式和语言表达?写作文无疑是一个有效的训练手段。我想说的是,无论教育怎样改变,作文训练总是路径之一,它没有错,也不会错;这是社会的需要,生存的需要。生存就必须求同。——需要调整的也许仅仅是"应试"的准则。但问题是,求同有一个前提,那就是存异。这是教育的尴尬,也是教育的两难。文明的教育是这样的,它在求同与存异的两难面前显得犹豫,它是心慈的,手软的,它得和被教育者商量着来——这就是为什么温和的老师永远会受到最大程度的欢迎;而粗暴的教育都有这样的一个外部特征:它高屋建瓴,势如破竹,顺我者昌,逆我者亡,一声令下,令行禁止,我永远对,你永远错。没有一个孩子会发自内心地喜爱那些自以为是、好为人师的家伙。

问题还在于,在中国现行的教育体制里头,文明的、心慈和手软的教育往往离"北大"和"清华"过于遥远,"严师"能出"高徒"嘛。"高徒"之"高"当然是"高分"之"高"。它的代价是有同无异。

然而,"一娘生九子,连娘十个样",这句话说出了"异"的顽固与"异"的力量。这就要说到为什么在"高考作文"之余有那么多的"作文大赛"了。作文大赛的目的从来不是考验"教学成果"的,说得明白一点,它渴望观察的是同学们的真本性——你还有哪些与众不同的地方,你不同于一般的天性,你不同于一般的阅读,还有你不同于一般的表达。

我曾经做过一次涵盖面很广的中学生作文大赛的评委,阅卷的时候我们突然发现了这样一个基本的事实,初中生的作文玲珑剔透,洋溢着才情,洋溢着稚嫩的性格。一等奖的名额只有三个,可是,我们每一个评委的手上都有四五篇活泼可爱的小文章,一等奖给谁呢?我们伤透了脑筋,每个人都在争,都有点伤和气了。我至今还记得那个小女孩,我没有能为她争取到她该得到的。颁奖的时候我特地找到了她,我对她说,你真是太有才了。

可是,在高中组,坏了,许许多多的作文都面目可憎(请原谅我用了这样一个过于严厉的词)。众口一词,千人一腔。到处都是空洞的、正确的话。我看不见年轻的面孔,我听不到年轻的血液在奔涌,我能看到的只是一个又一个和我年纪相仿的男人和一个又一个和我年纪相仿的女人——那是他们的语文教师。他们在拷贝或扫描他们的老师。这样做万无一失。万无一失的写作一定是天下最无聊的写作。这一届中学生作文大赛没有能够产生一等奖,所有的评委都说,空着吧,我们的大奖是给高中生的,我们不能把这样的荣誉授予一个年幼的副总经理。

我不能批评我们的教师,这不公平。我也不能批评我们的同学,这也不公平。在现行的教育体制里头,他们自有他们的压力。

但是，这样一说我们的高中生们也许就明白了：作文大赛就是作文大赛。它不是高考的演习，它不是高考的预备会议。它是一个特别好玩的 game。如斯而已。

你怎么就不知道撒欢呢孩子？忘了，是吧？没关系，我们试试看。你看看你的手，你看看你的脚。那其实不叫手，那其实不是脚。那是你的四个小小的、毛茸茸的却是马力强劲的蹄子。你长长的面颊上没有辔头，你修长而凹陷下去的后背上没有马鞍，你弧形的视网膜上是天空和大地的影子，你知道你跑起来有多帅，有多美？你一蹦就是好高。风就在你的小尾巴上，它千丝万缕。你看不见。可是，相信我，我能看见。我们都能看见。是真的。

我知道你很辛苦。可是，机会并不多。你还愣着干什么？太阳、大地、草、露水，还有你看不见的风都在你的面前，也许，这些都是你的。你有四只蹄子。你欠了它们，它们的命运叫撒开来。你还愣着做什么？——驾！这是我要对你说的，也是我对你最大的祝福。

（发表于《新语文学习(高中版)》2008 年 11 期）

在《小说课》发布会上

货真价实的古典主义

阅读是必需的，但我不想读太多的书了，最主要的原因还是这年头的书太多。读得快，忘得更快，这样的游戏还有什么意思？我调整了一下我的心态，决定回头，再一次做学生。——我的意思是，用"做学生"的心态去面对自己想读的书。大概从前年开始，我每年只读有限的几本书，慢慢地读，尽我的可能把它读透。我不想自夸，但我还是要说，在读小说方面，我已经是一个相当有能力的读者了。利用《推拿》做宣传的机会，我对记者说出了这样的话："一本书，四十岁之前读和四十岁之后读是不一样的，它几乎就不是同一本书。"话说到这里也许就明白了，这几年我一直在读旧书，也就是文学史上所公认的那些经典。那些书我在年轻的时候读过。——我热爱年轻，年轻什么都好，只有一件事不靠谱，那就是读小说。

我在年轻的时候无限痴迷小说里的一件事，那就是小说里的爱情，主要是性。既然痴迷于爱情与性，我读小说的时候就只能跳着读，我猜想我的阅读方式和刘翔先生的奔跑动作有点类似，跑几步就要做一次大幅度的跳跃。正如青蛙知道哪里有虫子——蛇知道哪里有青蛙——獴知道哪里有蛇——狼知道哪里有獴一样，年轻人知道哪里有爱情。我们的古人说："书中自有颜如玉"，它概括的就是年轻人的阅读。回过头来看，我在年轻时读过的那些书到底能不能算作"读过"，骨子里是可疑的。每一部小说都是一座迷宫，迷宫里必然有许多交叉的小径，即使迷路，年轻人也会选择最为香艳的那一条：哪里有花蕊吐芳，哪里有蝴蝶翻飞，年轻人就往哪里跑，然后，自豪地告诉朋友们，——我从某某迷宫里出来啦！

出来了么？未必。他只是把书扔了，他只是不知道自己错过了什么。

《德伯家的苔丝》是我年轻时最喜爱的作品之一，严格地说，小说只写了三个人物，一个天使，克莱尔；一个魔鬼，没落的公子哥德伯维尔；在天使与魔鬼之间，夹杂着一个美丽的，却又是无知的女子，苔丝。这个构架足以吸引人了，它拥有了小说的一切可能。我们可以把《德伯家的苔丝》理解成英国版的，或者说资产阶级版的《白毛女》：克莱尔、德伯维尔、苔丝就是大春、黄世仁和喜儿。故事的脉络似乎只能是这样：喜儿爱恋着大春，但黄世仁却霸占了喜儿，大春出走（参军），喜儿变成了白毛女，黄世仁被杀，白毛女重新回到了喜儿。——后来的批评家们是这样概括《白毛女》的：旧社会使人变成鬼，新社会使鬼变成人。这个概括好，它不仅抓住了故事的全部，也使故事上升到了激动人心的"高度"。

多么激动人心啊，旧社会使人变成鬼，新社会使鬼变成人。我在芭蕾舞剧《白毛女》中看到了重新做人的喜儿，她绷直了双腿，在半空中一连劈了好几个叉，那是心花怒放的姿态，感人至深。然后呢？然后当然是"剧终"。

但是，"高度"是多么令人遗憾，有一个"八卦"的、婆婆妈妈的，却又是必然的问题《白毛女》轻而易举地回避了：喜儿和大春最后怎么了？他们到底好了没有？喜儿还能不能在大春的面前劈叉？大春面对喜儿劈叉的大腿，究竟会是一个什么样的男人？

新社会把鬼变成了人。是"人"就必然会有"人"的问题，这个问题不在"高处"，不在天上，它在地上。关于"人"的问题，有的人会选择回避，有的人却选择面对。

《德伯家的苔丝》之所以不是英国版的、资产阶级版的《白毛女》，说白了，哈代选择了面对。哈代不肯把小说当作魔术：它没有让人变成鬼，也没有让鬼变成人，——它一上来就抓住了人的"问题"，从头到尾。

人的什么问题？人的忠诚，人的罪恶，人的宽恕。

我要说，仅仅是人的忠诚、人的罪恶、人的宽恕依然是浅表的，人的忠诚、罪恶和宽恕如果不涉及生存的压力，它仅仅就是一个"高级"的问题，而不是一个"低级"的问题。对艺术家来说，只有"低级"的问题才是大问题，道理很简单，"高级"的问题是留给伟人的，伟人很少。"低级"的问题则属于我们"芸芸众生"，它是普世的，我们每一个人都无法绕过去，这里头甚至也包括伟人。

苔丝的压力是钱。和喜儿一样，和刘姥姥一样，和拉斯蒂涅一样，和德米特里一样。为了钱，苔丝要走亲戚，故事开始了，由此不可收拾。

苔丝在出场的时候其实就是《红楼梦》里的刘姥姥，这个美丽的、单纯的、"闷骚"的"刘姥姥"到荣国府"打秋风"去了。"打秋风"向来不容易。我现在就要说到《红楼梦》里去了，我认为我们的"红学家"对刘姥姥这个人的关注是不够的，我以为刘姥姥这个形象是《红楼梦》最成功的形象之一。"黄学家"可以忽视她，"绿学家"也可以忽视她，但是，"红学家"不应该。刘姥姥是一个智者，除了对"大秤砣"这样的高科技产品有所隔阂，她一直是一个明白人，所谓明白人，就是她了解一切人情世故。刘姥姥不只是一个明白人，她还是一个有尊严的人，——《红楼梦》里反反复复地写她老人家拽板儿衣服的"下摆",强调的正是她老人家的体面。就是这样一个明白人和体面人,为了把钱弄到手,她唯一能做的事情是什么?是糟践自己。她在太太小姐们(其实是一帮孩子)面前全力以赴地装疯卖傻,为了什么?为了让太太小姐们一乐。只有孩子们乐了,她的钱才能到手。因为有了"刘姥姥初进荣国府",我想说,曹雪芹这个破落的文人就比许许多多的"柿油党"拥有更加广博的人民心。

刘姥姥的傻是装出来的,是演戏,苔丝的傻——我们在这里叫单纯——是真的。刘姥姥的装傻令人心酸;而苔丝的真傻则叫人心疼。现在的问题是,这个真傻的、年轻版的刘姥姥"失贞"了。对比一下苔丝和喜儿的"失贞",我们立即可以得出这样的判断:喜儿的"失贞"是阶级问题,作者要说的重点不是喜儿,而是黄世仁,也就是黄世仁的"坏";苔丝的"失贞"却是一个个人的问题,作者要考察的是苔丝的命运。这个命运我们可以用苔丝的一句话来做总结:"我原谅了你,你(克莱尔,也失贞了)为什么就不能原谅我?"

是啊,都是"人",都是上帝的"孩子","我"原谅了"你","你"为什么就不能原谅"我"?问题究竟出在哪里?上帝那里,还是性别那里?性格那里,还是心地那里?在哪里呢?

二〇〇八年五月十日,我完成了《推拿》。三天之后,也就是五月十二日,汶川地震。因为地震,《推拿》的出版必须推迟,七月,我用了十多天的时间做了《推拿》的三稿。七月下旬,我拿起了《德伯家的苔丝》,天天读。即使在北京奥运会的日子里,我也没有放下它。我认准了我是第一次读它,我没有看刘翔先生跨栏,小说里的每一个字我都不肯放过。谢天谢地,我觉得我能够理解哈代了。在无数的深夜,我只有眼睛睁不开了才会放下《德伯家的苔丝》。我迷上了它。我迷上了苔丝,迷上了德伯维尔,迷上了克莱尔。

事实上,克莱尔最终"宽恕"了苔丝。他为什么要"宽恕"苔丝,老实说,哈代在这里让我失望。哈代让克莱尔说了这样的一句话:"这几年我吃了许多苦。"这能说明什么呢?"吃苦"可以使人宽容么?这是书生气的。如果说,《德伯家的苔丝》有什么软肋的话,这里就是了吧。如果是我来写,我怎么办?老实说,我不知道。我的直觉是,克莱尔在"吃苦"的同时还会"做些"什么。他的内心不只是出了"物理"上的转换,而是有了"化学"上的反应。

——在现有的文本里,我一直觉得杀死德伯维尔的不是苔丝,而是苔丝背后的克莱尔。我希望看到的是,杀死德伯维尔的不是苔丝背后的克莱尔,直接就是苔丝!

我说过,《德伯家的苔丝》写了三件事,忠诚、罪恶与宽恕。请给我一次狂妄的机会,我想说,要表达这三样东西其实并不困难,真的不难。我可以打赌,一个普通的传教士或大学教授可以把这几个问题谈得比哈代还要好。但是,小说家终究不是可有可无的,他的困难在于,小说家必须把传教士的每一句话还原成"一个又一个日子",足以让每一个读者去"过"——设身处地,或推己及人。这才是艺术的分内事,或者说,义务,或者干脆就是责任。

在忠诚、罪恶和宽恕这几个问题面前,哈代的重点放在了宽恕上。这是一项知难而上的举动,这同时还是勇敢的举动和感人至深的举动。常识告诉我,无论是生活本身还是艺术上的展现,宽恕都是极其困难的。

我们可以做一个逆向的追寻:克莱尔的宽恕(虽然有遗憾)为什么那么感人?原因在于克莱尔不肯宽恕;克莱尔为什么不肯宽恕?原因在于克莱尔受到了太重的伤害;克莱尔为什么会受到太重的伤害?原因在于他对苔丝爱得太深;克莱尔为什么对苔丝爱得那么深?原因在于苔丝太迷人;苔丝怎么个太迷人呢?问题到了这里就进入了死胡同,唯一的解释是:哈代的能力太出色,他"写得"太好。

如果你有足够的耐心,你从《德伯家的苔丝》的第十六章开始读起,一直读到第三十三章,差不多是《德伯家的苔丝》三分之一的篇幅。——这里所描绘的是英国中部的乡下,也就是奶场。就在这十七章里头,我们将看到哈代——作为一个伟大小说家——的全部秘密,这么说吧,在我阅读这个部分的过程中,我的书房里始终洋溢着干草、新鲜牛粪和新鲜牛奶的气味。哈代事无巨细,他耐着性子,一样一样地写,苔丝如何去挤奶,苔丝如何把她的面庞贴在奶牛的腹部,苔丝如何笨拙、如何怀春、如何闷骚、如何不知所措。如此这般,苔丝的形象伴随着她的劳动一点一点地建立起来了。

我想说的是,塑造人物其实是容易的,它有一个前提,你必须有能力写出与他(她)的身份相匹配的劳动。——为什么我们当下的小说人物有问题,空洞,不可信,说到底,不是作家不会写人,而是作家写不了人物的劳动。不能描写驾驶你就写不好司机;不能描写潜规则你就写不好导演,不能描写嫖娼你就写不好足球运动员,就这样。

哈代能写好奶场,哈代能写好奶牛,哈代能写好挤奶,哈代能写好做奶酪。谁在奶场?谁和奶牛在一起?谁在挤奶?谁在做奶酪?苔丝。这一来,闪闪发光的还能是谁呢?只能是苔丝。苔丝是一个动词，一个"及物动词"，而不是一个"不及物动词"。所有的秘诀就在这里。我见到了苔丝，我闻到了她馥郁的体气，我知道她的心，我爱上了她，"想"她。毕飞宇深深地爱上了苔丝，克莱尔为什么不？这就是小说的"逻辑"。

要厚重，要广博，要大气，要深邃，要有历史感，要见到文化底蕴，要思想，——你可以像一个三十岁的少妇那样不停地喊"要"，但是，如果你的小说不能在生活的层面"自然而然"地推进过去，你只有用你的手指去自慰。

《德伯家的苔丝》之大是从小处来的。哈代要做的事情不是铆足了劲，不是把他的指头握成拳头，再托在下巴底下，目光凝视着四十五度的左前方，不是。哈代要做的事情仅仅是克制，按部就班。

必须承认，经历过现代主义的洗礼，我现在迷恋的是古典主义的那一套。现代主义在意的是"有意味的形式"，古典主义讲究的则是"可以感知的形式"。

二〇〇八年十二月二十四日，平安夜，这个物质癫狂的时刻，我已经有了足够的"意味"，我多么地在意"可以感知的形式"。窗外没有大雪，可我渴望得到一只红袜子，红袜子里头有我渴望的东西：一双鞋垫，——纯粹的、古典主义的手工品。它的一针一线都联动着劳动者的呼吸，我能看见面料上的汗渍、泪痕、牙齿印以及风干了的唾沫星。（如果）我得到了它，我一定心满意足；我会在心底喟叹：古典主义实在是货真价实。

（发表于《中华读书报》2008 年 12 月 31 日。

原题：2008，读《德伯家的苔丝》）

手机的语言

细心的朋友一定注意到了,我在《推拿》里头写到了手机。我本人是不用手机的,因为不用手机,我被问了许许多多的"为什么"。其实很简单,我几乎就是一个宅男,家里头的那台座机足够我和这个世界保持联络了——我为什么要把座机的电线掐断,再把它捆在裤腰带上呢?这一交代事情就有些无趣,我没有和现代性对着干的意思,我的行为不涉及坚守、捍卫等彪悍的、形而上的内容。

同时我还要说,我对手机没有仇恨。因为没有仇恨,我就会用一种宁静的,甚至是审美的心情去审视它——这一审视我还真的有了新发现了:手机业已为我们创造出了一种新语言。比方说,在年轻人的短信当中,"再见",也就是"拜拜",被乐呵呵写成了"88",而英语好的孩子们则更不含糊,他们的"再见"也就是"See you"也有了崭新的书写方式,很简单,酷劲十足,就两个字母:"CU"。

马上就有人要反驳我了,这是什么新语言嘛!我要说,是的,是新语言。例子是现成的,我在做足疗的时候读到过,准确地说,是听到过大量的手机语言。一个男人的手机响了,是一个女的发来了短信:

——干吗呢?

——躺着呢,捏脚呢。真想和你躺在一起,敢不敢啊?

——我有什么不敢的?只怕是我一去你就软了吧?呵呵。

——你来了我当然要软。

我想这样的语言我们已经熟悉了。这样的腔调已经拥有了时代性和全民性。它暧昧，有点像打趣，有点像调情，它的特征是攻守兼备，它的魅力在于进退自如。它是聊天的上限，它也是故事或事件的下限，大大方方地亲昵，加上一点小小的脏。在当今的中国，再木讷、再愚钝的男女都已经拥有了两种不同的语言，一种是日常的、正式的口语；一种是风光无限的、人欲横流的（我在《推拿》里头把它叫作"哗啦啦"）手机书面语。如果一个人用日常的、正式的口语去写短信的话（办事除外），只能说明一个问题：他低智、无趣、落伍、冬烘，一句话，他太"二"。

手机就这样悄然无痕地改变了我们的人际。我要说的是，手机已经给我们带来了一种新文明。多年之前，刘震云写过《手机》——张国立先生瞪着惊恐的眼睛把手机叫成了"手雷"。我钦佩刘震云的天才与敏锐。但是，我是有遗憾的。手机不是手雷。手机是生化武器。手机是转基因。手机不动声色地改变了我们的文化，我们放弃了真挚，我们选择了半真与半假，我们的语言是油腔的、滑调的——恋爱、倾诉、表达感情都有新语言，更不用说"搞男人"或"搞女人"了。其实"搞男人"和"搞女人"里头反而有真挚和美。我们的语言换了人间。手机让我们变得粗鄙。通过手机语言，我们在"粗鄙地享受"（陀思妥耶夫斯基语），我们的内心很难滋生并回味"很讲究的情绪"（哈代语）。我把这种新的语言、新的文明叫作"手淫"——通过"手机"去"意淫"。

手机有错么？没有。这个是一定的。手机在帮助我们，它一点错都没有。我必须要说的是，对于我们这个民族来说，一切都是特殊的，手机出现在了我们的特殊时期，也就是"转型期"，我们的政治秩序在变，我们的经济秩序在变，关键是，我们的心在变。心变了，往更加贪婪和更加不知羞耻里变。这一来语言就跟着变。更加贪婪和更加不知羞耻在语言上必然是这样的：既赤裸，又暧昧。赤裸是目的，暧昧则是武器，这武器是多么斑斓，军人们把这样的斑斓叫作迷你——迷你，迷他，也迷我。

《推拿》到底写了什么？我到现在都还没有想好。我真的说不好。但是，有一个重点是清晰的，我想写一点尊严。看过来看过去，我只能在盲人的身上寄托它了。我不知道我们这些"健全人"还有多少尊严，我不知道，包括我自己在内。我也在"粗鄙地享受"，我多么渴望我的内心能多一些"很讲究的情绪"。

（发表于《羊城晚报》2008年12月16日。
原题：手机的意淫）

《推拿》的一点题外话

我出生于六十年代的苏北乡村,在六十年代的中国乡村,存在着大量的残疾人。

我注意过知青作家的作品,在他们的作品中,人物的名字很有特点,经常出现二拐子、三瞎子、四呆子、五哑巴、六瘫子这样的人物。这不是知青作家的刻意编造,在我的生活中,我就认识许多的三瞎子和五哑巴。

我对残疾人一直害怕,祖上的教导是这样的:"瘸狠、瞎坏、哑巴毒。"祖上的教导往往凝聚着民间的智慧。"瘸"为什么狠?他行动不便,被人欺负了他追不上——这一来"瘸"就有了积怨,一旦被他抓住,他会往死里打;"瞎坏"的"坏"指的是心眼坏,"瞎"为什么坏?他眼睛看不见,被人欺负了也不知道是谁——这一来他对所有的"他者"就有了敌意,他是仇视"他者"的,动不动就在暗地里给人吃苦头;哑巴为什么"毒"呢?他行动是方便的,可他一样被人欺负,他从四周围狰狞的、变形的笑容里知道了自己的处境,他是卑琐的,经常被人"挤对",经常被人拿来"开涮",他知道,却不明白——这一来他的报复心就格外地重。我并没有专门研究过残疾人的心理,不过我可以肯定,那个时候的残疾人大多有严重的心理疾病,他们的心是高度扭曲和高度畸形的。

他们的心是被他人扭曲的,同时也是被自己扭曲的。

在六十年代的中国乡村,人道主义的最高体现就是人没有被饿死,人没被冻死——如果还有所谓的人道主义的话。没有人知道尊严是什么,尊重是什么。没有尊严和尊重不要紧,要紧的是要有娱乐。娱乐什么呢?娱乐残疾人。最直接的方式就是取笑和模仿——还是说出来吧,我至今还能模仿不同种类的残疾人,这已经成了我成长的胎记。

我们都知道著名的小品演员赵本山,他早期的代表作之一就是模仿盲人。他足以乱真的表演给九百六十万平方公里的大地送来了欢乐。我可以肯定,赵本山的那出小品不是他的"创作",是他成长道路上一个黑色的环节。

我要说的是,在六十年代的中国乡村,每个乡村不仅有自己的残疾人,还有自己的赵本山。不可思议的是,这些"赵本山"不是健全人,而是残疾人。我的父亲、母亲,我的两个姐姐,包括我本人,至今还记得一位这样的盲人,他叫"老大朱"。为了取悦村子里的父老乡亲,他练就了一身过人的本领,比方说,他的耳朵会动,比方说,他会学狗叫、猫叫、驴叫,他还能模仿瘸子走路。只要有人对他吆喝:"瞎子,来一个。"他就会来一个。请允许我这样说,他的生活是"牛马不如"的。在夏天,他几乎每一天都能吃上肉——所谓肉,是酱碗里白花花的蛆。我曾亲眼看见老大朱把那些白花花的蛆虫送进自己的口腔,一边吃,一边对我们这些围观的孩子们说:"好吃!你们吃不吃?"

老大朱没有门牙,他的两颗门牙一定是被一棵树或一堵墙夺走了。但是老大朱喜欢咧着嘴,他在任何一个地方都要露出疑似的、没有门牙的笑容。当他伫立在巷口或猪圈旁边的时候,乡村快乐的时光就来了,人们会把手指、树枝、鸡毛,甚至尖辣椒塞到他的牙缝里去,老大朱强颜欢笑,所有的人都可以透过他门牙上的豁口看见他愤怒的、无可奈何的舌尖——我们的笑声欢天喜地。

  我阅读过一些分析我们"民族性"的书籍和文章，在那些书籍和文章里，虽然观点不尽相同，但是，有一点是一样的，他们说，中华民族之所以能够"屹立"在东方，和我们这个民族"苦中作乐"的精神是分不开的。当然，相应的小说我也读过。什么是"苦中作乐"的精神呢？我想我知道。它的本质是作践，作践自己，并作践他人。

  写到这里我必须要说《阿 Q 正传》。我想知道的是，鲁迅先生在写《阿 Q 正传》之前他想了些什么？作为一个乡下长大的孩子，他看见了什么？他的体会是什么？在他长大之后，他对他的"童年记忆"做了怎样的回溯与规整？这些我都想知道。阿 Q 无疑是中国民间"苦中作乐"的杰出代表，他的面容是模糊的，鲁迅先生用 Q 这个英文字母只给了他一个背影——这是一个中年的男人，因为缺钙，他的脑袋硕大无朋，因为营养不良，他的小辫子相当地枯瘦，一小撮黄毛而已。我相信鲁迅先生先确认了阿 Q 这个名字之后一定经历了一番振奋，他摩拳擦掌了。他看到了一个民族的背影，也可能是一个民族"时代"的背影。

  我并不认为阿 Q 和他的"未庄"人是麻木的，阿 Q 们不是麻木，"演员"是明白的，看客也是明白的，这明白就是将所有的"脸面"一把撕碎，然后，"难言之隐，一笑了之"。阿 Q 们仅有的一点偏执是将娱乐进行到底。

    瓦尼亚将身坐在沙发
    酒瓶酒杯手中拿
    他还没有倒满半杯酒

就叫人去请卡金卡

　　这是俄罗斯的民歌，柴可夫斯基把它的旋律借用过来了，写成了《如歌的行板》。我想说，优美的、忧伤的《如歌的行板》里有一种精神，这精神才是苦中作乐。阿Q们的则不是。道理很简单，苦中作乐里头有人的尊严，它包含了自尊、帮助、友善和有所顾忌；而阿Q们的逻辑则是这样：我就不是人！我就不要脸！即使要，那也是虚荣，与尊严无涉。

　　但鲁迅终究是怀有希望的，他认准了阿Q们依然喜爱一点体面，为此，他不惜"用了曲笔"，他在阿Q的坟头上"放了一个花环"。这个花环就是阿Q的画押，他要把那个"圆"画圆了，并放在自己的坟头。这是一个人最后的、莫须有的体面，也叫尊严。

　　我如此在意尊严是在这些年和残疾人朋友的相处之后。我不是先知，但是，因为长期的相处，他们的"行为"使我意识到了一个问题，尊严的问题不再是一个可有可无的问题，在中国，它几乎是一个社会问题，是的，一个社会问题。

　　我不能说我们这个民族仇视尊严，我只想说，在我们这个时代，尊严是严重缺失了。我不知道人的"终极问题"是什么，但是，如果"人"从"尊严"的旁边绕过去，那一定是一条不归路——在今天的中国，如果还有一群人、一类人在讲究尊严的话，那一群、那一类是残疾人。大多数人，当然也包括我自己在内，我们精神上唯一的向度是"利润"。在利润面前，我们无所顾忌，我们无所不用其极。我们还会将这样的无所顾忌、这样的无所不用其极上升到"智慧"的高度。

　　这是一个物质的时代，或者说，商品的时代，不少人因为对现状的失望,把他们(包括勒·克莱齐奥在内)的批判锋芒瞄准了物质,或者说,商品。这是荒谬的瞄准。物质没有错,商品更是无辜,我们唯一要问的,是我们自己丢弃了什么。这丢失不是发生在今天,它早就丢失了。它生龙活虎的、不知羞耻的"体现"则是在物质时代。可怜的物质时代,你遭受了多大的委屈!

我一直渴望自己能够写出一些宏大的东西,这宏大不是时间上的跨度,也不是空间上的辽阔,甚至不是复杂而又错综的人际。这宏大仅仅是一个人内心的一个秘密,一个人精神上的一个要求,比方说,自尊,比方说,尊严。我认为它雄伟而又壮丽,它是巍峨的。我把任何一种精神上的提升都看得无比宏大,史诗般的,令人荡气回肠。很不幸,我承认我的看法会遭到反对。人们在意的"宏大"依然是一个古老的话题:把故事拉长到五十年至一百年;把故事放在三百六十万平方公里至八百六十万平方公里上——唯其如此,方能体现艺术,尤其是长篇小说的"规模"与"构架"。老实说,我深不以为然。为什么?那其实很容易,真的很容易。

我突然就想起来给我的儿子买鞋,他在七岁的那一年我带他去买鞋。七岁的孩子是崇敬爸爸的,他觉得爸爸大,爸爸的什么都大,大很了不起,所以,七岁的儿子也要大。他在鞋柜面前闹,他不要合脚的鞋,他要"像爸爸一样"穿"大鞋"。我告诉他,不行,你穿那样的鞋是要摔倒的,他不听,他宁可摔倒他也要大鞋。结果是这样的:他的两只小脚站在了两只大鞋里,像脚踩两只船。他的脸上绽开了幸福的笑容。我爱死了那个场景。

问题是,孩子干的事成人是不能干的,同样的事,七岁的孩子干了,他无比地可爱,成人去干呢?那是什么?我不知道,不体面那是一定的。

(发表于《当代作家评论》2009 年 2 期)

作者与《推拿》

情感是写作最大的诱因

与小说有关的一些东西中，我特别感兴趣的是小说的生成，或说小说创作的第一动因。人在写作时，身体里会有一些柔软的部分，这些柔软的部分一旦被触动，就会有一些调皮的东西迸发出来，这些迸发出来的东西很可能就是一部作品。从我个人来讲，作品的产生大多来自自己身体里迸发出来的东西，它们是经验、情感和愿望。

经验是小说创作的根底。没有经验，根本就写不了。经验对小说家的价值，我觉得怎么评价都不过分。它在你迷失的时候悄悄地支撑起你的行为，那就是创作。《哺乳期的女人》的写作来自一个细碎的小经验：与哺乳期的女同事短暂地拥抱，一股强烈的气味刺激了我。这一经验深深植根在我的心中。不久，我生病住院，躺在病床上怎么也赶不走那个拥抱、那种气味。我当时没想写作，可我想说的是，经验在这时表现出了无比可贵的价值。它在我的潜意识中已经爬进了小说创作的进度，换句话说，我自己还没意识到我要写小说的时候，经验已经告诉我你可以开始创作了。后来又结合"空镇"所见和阅读经历，当所有这些联系起来以后，几乎都没让我动脑筋，像命运安排一样，我写成了《哺乳期的女人》。

再就是情感动因。我把那种看似无用的、没有对象和没有来源的情感，放在内心，反复琢磨、考虑，让这种情感尽可能地和外部发生关系，然后形成一部作品。《青衣》就是一个非常虚拟的情感催动的作品。二十世纪末的时候，我很焦虑，总有一双女人的手在我的脑子里晃动,我必须去寻找这个情感的来源,使自己安宁下来。而当我看到一则女演员身患重病,不顾生命危险登台演出的消息时,我觉得我焦虑的心被安抚了。我假设女演员的这种行为与手有关,或者说跟一个女人内心无法破解的欲望有关,而且这个欲望已经强烈到一个程度,支撑她,使她认为它比自己的性命更重要。从我个人的写作角度来讲,最多的一种小说创作的诱因是情感,它为我提供能量,提供源源不断地向下写、往下寻找的动力。我大概写了一百多部作品,其中六十多部最早由情感诱发,导致我进入写作。

最后是愿望。最初写《玉米》的时候,就有一个强烈的愿望,想写一个特别的爱情故事,尽可能地让两个人处在爱得死去活来同时又缅怀的状态。这种缅怀不是由距离带来的,两个人就生活在一起。但我把这个爱情故事摁住,永远不让它挑破,永远不让他俩有身体的关系,让他们处在思念、爱和缅怀之中。我特别想写这样一种爱情,因为我痴迷一样东西:害羞。害羞的底子不是害羞,是珍惜。一个人渴望得到一件东西,可是她不敢轻举妄动,她知道万一轻举妄动就会失去,所以她在情感表达上会呈现害羞的状态。我觉得害羞的状态和珍惜的状态,是我们现当代文学中缺乏的东西,尤其是我们人生当中缺少的东西,也是今天我们的爱情中所缺少的东西。后来这个爱情小说由于其他原因写成了时代小说,但却是我想了解爱情、呈现害羞、表达珍惜的愿望诱发的。

这些都是从我身体里迸发出来的,与大家分享。

(发表于《语文教学与研究》2009年15期)

记忆是不可靠的

我的写作和记忆的关系是什么呢？那就是：我不相信记忆这个东西。"不相信"就是我的写作与我的记忆之间的关系。我一直以为，记忆是动态的，充满了不确定性。这种动态或不确定使记忆本身带上了戏剧性，也就是说，带有浓重的文学色彩。

我在初中一年级的时候，和班里的一位同学打了一次架。关于男人的打架，我们在酒席上时常听说。我不知道大家注意过没有，许多人在叙述自己打架的时候都要在前面做一点补充，补充什么呢？——先说明被打的那个家伙不是东西，该打。我也是这么干的，我一次又一次地告诉大家，我的这个行为是正当的。其实，在打架之后，我的父亲让我脸面失尽，可我从来不说我被父亲修理这个事情。——这就涉及我要说的第一个问题，面对记忆，我们时常会做道德上的修正。这种修正是不自觉的，道德上的需要一下子就使我们的记忆变形了。记忆是利己的，它不可能具备春秋笔法，它做不到不虚美、不掩恶。记忆最大限度地体现了人类的利己原则，这是人性的特征之一。

记忆不只是自利，在道德上做不自觉的修正，它还有第二个特征，那就是美学化倾向。我还是说我初中阶段的那次打架吧，这件事我说过许多次，我发现，每一次叙述我都要添加一点东西，说到最后，我快把自己说成金庸小说里的武功高手了。这是一个逐步演变的过程，我的故事被我越说越精彩，戏剧性越来越强，我为什么要这样做？我不知道，你不能轻易地批评我撒谎，在主观上，我没有撒谎的企图。我只想说,记忆一旦遇到当事人的叙述,它就会脱离事态的真相,离虚构越来越近。虚构又何尝不是人性的特征之一呢?

所以,记忆的特征和文学的特征有相似性,记忆一旦偏离了它的正常轨道,离不开人性的外部处境,有时候,让记忆偏离轨道,也许正是我们内心的一点需要,这需要其实挺可怜的,它有没有抵抗的意思呢?它是不是也构成了当事人与现实的关系?我不知道。

我还要说一件事。我的少年时代是在二十世纪六十年代的苏北乡村度过的,家里非常穷。草房里只有两张床,一张是我的两个姐姐合用的,一张是我的父母和我合用的。许多夜晚,我的父母都要坐在床上,悄悄地谈他们过去的生活。我就躺在他们身边,听他们说。他们谈的是生活,没错,可是,关于生活,我的眼里有一个完整的概念,那就是六十年代的苏北乡村。——生活怎么还会有另外的一副样子呢?就在我父母的嘴里,它一样很现实。一方面是我父母的叙述,另一方面是我的真实体验。问题来了,关于生活,我的记忆呈现出了分裂的局面。我想说,我父母所描述的那个"生活"我从来没有参与过,可是在我的记忆中,"我家"的生活就是我的父母所叙述的那个样子,而不是六十年代的苏北乡村。这就是我关于"家"的记忆,这里的分裂是惊人的。有一句话我不知道正不正确,对于写小说的人来说,记忆的分裂是一件好事情,真实记忆与虚拟记忆之间能够产生张力,彼此形成一种互动,最终产生出化学反应。内心的生动性和饱满程度也许就是由记忆的分裂性带来的。

余华说:"一个记忆回来了。"要理解一个记忆的"回来",就必须回顾我们的历史。二十世纪八十年代,我们的文学经历过一个特别的时期,我们把那个时期的文学叫作"先锋文学"。先锋文学有两个最显著的特征,就是历史虚构和现实虚构。这两个虚构又有一个共同的背景,那就是西方:既有西方的观念,也有西方的方法。无论是历史虚构还是现实虚构,和我们的本土关系都不大。换句话说,先锋小说是"失忆"的小说。

但是,文学的发展脉络说明了一件事,慢慢地,中国的作家似乎渴望脱离西方了,中国作家的眼睛睁开了,渴望看一看"我们自己"所走过的路。这是本土意识的回归,在这个前提下,余华说:"一个记忆回来了。"这个"回来"是针对"失忆"的,它改变了当代文学的走向,我们的文学有效地偏离了西方,越来越多地涉及我们的本土,我们的记忆里终于有了我们的瞳孔、脚后跟、脚尖。拥有瞳孔、脚后跟和脚尖的记忆和完全彻底的虚构有本质的区别。这也不是一两个作家的事,本土化和现实感,许多作家都在进行这样的努力。

关于记忆的不可靠,我还想再进一步谈谈。

我们都还年轻,还要继续写,换句话说,我们"现在进行的记忆"必将对未来的写作产生重大的影响,今天生产出什么样的记忆,决定了明天的走向。

大家都看电视新闻,每天都要看许许多多的"真实"消息,事实上,那些真实的事件无一不是被镜头处理过的,还配有播音员的讲解。面对实物,我们时常会忽略一件事,那就是摄像机的机位时时刻刻在做"推、拉、摇、移",不能小看这个"推、拉、摇、移",它使同一个实体和同一个事件千姿百态起来了。我们的记忆比镜头复杂多了,它当然也有它的"推、拉、摇、移",这说明了一个事实,记录或记忆只能有一个命运,那就是千姿百态。

为了获取最有效的记忆，我们就不能依赖"推、拉、摇、移"，要有更多的分析、比较，我们就不能过分信任自己的情感，更何况我们自身还有那么多的局限、偏见与狭隘。当然，这样一来我们的记忆离"记忆本身"反而更远了，这也是可能的。可是，从理论上说，我特别渴望自己的记忆能和外部的世界建立起一种1∶1的关系。这有点过于理想了，但我还是想说，1∶1的关系有助于我们更加专注、深入地切入人生，我一直一厢情愿地认为，如果我们的胸怀更阔大一些，内心更柔软一些，我们记忆的变形将会小一些。

（发表于《文艺争鸣》2010年1期。原文为作者于2009年12月4日在暨南大学"文学与记忆"学术研讨会上的发言，张静娜整理，作者最后审订）

好看的忧伤

三十九年前,也就是一九七〇年,我可以清晰地记得,那是夏天的一个傍晚。一个小伙伴来到河边,急匆匆地把我叫上岸来。——我们长期坚守一个约定,无论是谁,只要碰到有趣的事情,彼此都要通知。我被我的小伙伴叫上来了,一问,村子里来了一个奇怪的人,是个女的,她不停地说话,却没有一个人能听懂她在说什么。

我和我的小伙伴就开始跑,在奔跑的过程中,我们的队伍在壮大。这也是乡村最常见的景象了,孩子们就这样,一个动,个个动。等我们来到目的地,一群孩子已经拉出了一支队伍,把当事人的家门口围了个水泄不通。

村子里真的来了一个奇怪的人,是个女的。等我们来到这里的时候,这个女人已经不说话了,她说过了,哭过了,现在已经疲惫了,她在休息。显然,她是不受欢迎的,她的屁股底下没有板凳,她只是就地坐在一只石磙子上。然而,尽管屁股底下没有板凳,我们也不敢小觑她——她雪白的衬衣,她笔挺的裤缝,她塑料的、半透明的凉鞋,尤其重要的是,她优雅而笔挺的坐姿——毫无疑问,她是个城里人。这个城里的女人就那么坐在石磙子上,一动不动,满脸都是城里人好看的忧伤。

老实说,我不是看城里人来的,我也不是看忧伤来的,我一心想听她说话。我的小伙伴一直在气喘吁吁地告诉我,她的话"一个字"都听不懂。——这怎么可能呢。

我的小伙伴的话很快就得到了证实，休息好了，女人跷起了她的腿，开始说话了。她的声音并不大，但是，在寂静的乡村黄昏，我想我们每一个人都听见了她的"说"。她一个人说了很长时间，真的，我们一个字都没有听懂。——她的"说"还有什么意义呢？她的"语言"还有什么意义呢？毫无意义。

我很快就注意到了一件事，那就是，我们的周围没有一个成年人，甚至连房子的主人都不在，他们家的小儿子也不在。乡下的孩子往往有一种特殊的本能，他们可以从成年人的角度去看待一些事情。我很快就知道了，人们其实在回避这个城里的女人，她来到我们村绝对不是干好事来的。

她究竟是干什么来的呢？女人一直在说，说着说着，她再一次哭了。城里的女人是"不会哭"的，她们只会流泪，只会发出一些痛苦的声音。乡村女人的哭就不一样了，她们的哭有固定的节奏，有确切的旋律，边哭边说，准确地说，是"哭诉"。她们的哭有许多实际的内容，而不只是悲伤的情绪。——正因为城里的女人"不会哭"，她们的哭往往叫人揪心。

我很难过。我注意到她企图问我们一些问题，但是，谁知道她说的是什么呢？事实上，我们也和她说话了，但是，她同样听不懂我们的语言。我们近在咫尺，其实来自不同的世界，仿佛阴阳两隔。

也许是由于绝望，城里的女人最终坐在了地上，她躺下来了，她在地上一心一意地哭。她彻底顾不上城里人的体面了，像一个泼妇一样在地上打滚。她一边滚一边说。此时此刻，我们只是知道了她的痛苦，却永远不知道她为什么痛苦。我至今记得那个夏日的午后，一个陌生的、城里来的女人把她所有的悲伤留在了我们村。没有人能够帮助她，没有人知道为了什么。

这个女人后来是自己爬起来的，她掸了掸土，整理了一番头发，一个人离开了。她再也没有在我们村出现过。

但我们还是知道谜底了，事情一点也不复杂，她是来寻找她的儿子的。那个我们都认识的、没有露面的小男孩，其实是她的儿子。

她的儿子是被拐来的呢还是她和某个人私生的呢，我没有得到进一步的消息。村子里所有的人都对这个问题三缄其口。偶尔也会有人提起那个孩子的身世，但是，言说的人一定会得到阻止。这阻止不是大声的呵斥，而是一种不动声色的目光。是告诫。——这也是乡村的又一种文化了。

好多年之后，我意外地得到了那个城里女人最后的也是唯一的资讯，她是江南人，她来自苏州。

现在，我用一句话就可以把三十九年前的那件事说清楚了：三十九年前，一个苏州女人来到苏北的一个村庄寻找她失落的儿子，没有人能听懂她在说什么，她最终消失在我故乡的夜色里。

苏州与我的苏北村庄相隔了多远呢？说出来很吓人，也就是两百公里。

但是，在这"也就是"两百公里的距离之间，有一样东西，它叫长江。毛泽东有一句诗，是描绘南京长江大桥的，曰："一桥飞架南北，天堑变通途。"毛泽东的诗一直都是这样，气度非凡。但是，诗歌的气度往往有一个前提，那就是意象的开阔。毛泽东所选用的意象是什么？是长江。这是一条绵延的、深邃的水，它划分了南中国与北中国，长江还不只是绵延的、深邃的水，它还有别样的意义，它同时承担着中国历史的分野、中国语言的分野和中国文化的分野。一个国家，一个民族，当她的文化具备了丰富性的时候，这文化必然是多样的、多元的。丰富啊丰富，你是华光，也是业障。所以，在整个农业文明时期，长江它不叫长江，它叫天堑。天堑，它强调的是分，刀劈斧凿一般，狠刀刀的。它具有洪荒的、绝望的气息。

当洪荒的、绝望的阻隔之间出现了连接，我们可以想象一个浪漫主义诗人的豪迈。诗人说：天堑变通途。几乎就是脱口而出。这是一种令人喟叹的欣喜，它所指的不再是分，而是交流上的无限可能。

可事实上，无论是科技还是人文，就我们人类所达到的高度而言，"天堑变通途"的可能性早就存在了，我们只是习惯于蔑视交流的可能性。我们一边在建造大桥，一边在积极地划分"两个世界"或"三个世界"。两个世界，三个世界，一个优雅女士的就地打滚，一个伤心女人破碎的心。

三十九年过去了，我现在居住在南京，沿着我的窗户望出去，脚底下就是长江。它不是天堑了，再也不是了。它只是一条江。老实说，我是喜欢这条江的，它是我最好的风景。可是，在风景的远处，我始终能看见一个苏州女人，她在"说"，一直在"说"。

（发表于《苏州杂志》2010 年 1 期，
原题：三十九年前的一件事）

几次记忆深刻的写作

一、《祖宗》

《祖宗》于一九九三年刊发在《钟山》上,实际的写作时间则是一九九一年。之所以拖了这么久才发表,是因为那时候我还处在退稿的阶段,一篇小说辗转好几家刊物是常有的事。

一九九一年我已经结婚了,住在由教室改造的集体宿舍。因为做教师,我不可能在白天写作。到了夜里十点,宿舍安静下来了,我的太太也睡了,我的工作就开始了。

《祖宗》写的是一位百岁老人死亡的故事。这个故事是我闲聊的时候听来的,我的来自安徽乡村的朋友告诉我:在他的老家有一种说法,一个人到了一百岁如果还有一口的牙,这个人死了之后就会"成精",是威胁。

一九九一年,中国的文学依然很先锋,我也在先锋。先锋最热衷的就是"微言大义"——我立即和一位百岁老人满嘴的牙齿"干"上了。和大部分先锋小说一样,小说用的是第一人称,"我"进入了小说,进入了具体的情境。

但是,很不幸,就在百岁老人的生日宴会上,"我们"发现了一件事,老人的牙齿好好的,一个也不缺。这是一个骇人的发现。一家人当即做出了一个伟大的决定,把老人的牙拔了。牙拔了,老人也死了,然而,不是真的死。等她进入了棺椁之后,她活过来了,她的指甲在抠棺材板。一屋子的人都听见了,谁也不敢说话。

吱吱嘎嘎的声音在响。

《祖宗》所关注的当然是愚昧。这愚昧首先是历史观，我们总是怀揣着一种提心吊胆的姿态去面对历史，所以，要设防。拔牙也是设防。愚昧的设防一直在杀人。

——还是不要分析自己的作品了吧，我要说的是另一件事，是我写拔牙那个章节。不知道为什么，写这一节的时候我突然害怕了。是恐惧。我感受到了一种十分怪异和十分鬼魅的力量，在深夜两点或三点，恐惧在我的身边摇摇晃晃。我还想说，恐惧是一件很古怪的事，如果恐惧发生在深夜两点或深夜三点，这恐惧会放大，无限放大。我的写字桌就在窗户的下面，就在我越来越恐惧的时候，不幸的事情发生了，我看见窗户上的玻璃骤然明亮起来，四五条闪闪发光的蛇在玻璃上蠕动——它是闪电。随后，一个巨大的响雷在我的头顶炸开了。回过头来想，这一切在事先也许是有征兆的，我没有留意罢了。巨大的响雷要了我的命，我蹲在了地上，我的灵魂已经出窍了。

我唯一能做的事情就是把我的太太叫醒，惊慌失措。我太太有些不高兴，她说，响雷你怕什么？响雷我当然不怕，可是，我怕的不是这个。是什么呢？我也说不上来。

在后来的写作岁月里，我再也没有遇到过类似的事件。我想说的是，在具体的写作氛围里头，你是一心一意的，你是全心全意的，你的内心经历着无限复杂的化学反应，你已经不是你了。内心的世界它自成体系，饱满、圆润，充满了张力。但是，它往往经不住外在力量的轻轻一击，更何况电闪雷鸣。

在写作状态特别好的时候，你其实不是人。你能感受到你在日常生活里永远也感受不到的东西，这也是写作的魅力之一。

二、《玉秀》

我们家有我们家的潜规则,在我的写作时间,任何人进来都要先敲门,包括我的太太。就在我写《玉秀》的时候,她忘了。

具体的日子我记不得了,反正是一个下午,那些日子我的写作特别好——在我写作特别好的时候,我不太饿,因此吃得就少(吃得少,人还容易胖,天知道这是怎么回事)。

到了这样的时候我的太太就很辛苦,有时候,一顿饭她要为我热好几次。四五次都是有的。就在那个下午,她为我送来了一杯牛奶。也许是怕打搅我,她轻手轻脚的,我一点都没有听到她的动静。

我在写。我的眼睛看着我的电脑,一切都很正常。可是,我觉得身边有东西在蠕动,就在我的左侧。我用余光瞄了一眼,是一只手。还是活的,正一点一点地向我靠近。出于本能,我一下子就站了起来。

也是我的动作太猛、太快,我的太太没有料到这一出,她吓着了,尖叫一声,瘫在了地板上。杯子也打碎了,白花花的全是奶。

一个家里只要有一个作家,这个家往往会很平静。但是,这是假象。他的写作冷不丁地会使一个家面目全非。法国人说:"最难的职业是作家的太太。"此言极是。这是写作最可恨的地方之一。

三、《地球上的王家庄》

在闲聊的时候,大部分批评家朋友都愿意说:《地球上的王家庄》是我最好的短篇，不是之一，就是最好的。他们说：这东西有点"神"。我不置可否。我知道，这样的话题当事人是没有发言权的。别人怎么说，我就怎么听。

终于有一天，一位朋友让我就《地球上的王家庄》写几句"感言"，反正就是创作谈一类的东西。

我为什么要写这个东西？我知道。这个东西究竟写了什么？我也都记得。可是，有一件事是可笑的——我的哪个作品在哪里写的，在哪个房子的哪间屋子，也就是说，写作的过程，我都记得——《地球上的王家庄》我可是一点都想不起来了。一点蛛丝马迹都没有。

为此我做过专门的努力，想啊，想，每一次都失败了。有时候我都怀疑，这个短篇究竟是不是我写的呢——它所关注的问题是我关注的，它的语言风格是我一贯坚持的，从这个意义上说，《地球上的王家庄》肯定是拙作，可是，关于它的写作过程，关于它的写作细节，我怎么就一点也想不起来了呢？

《地球上的王家庄》是我写的，我却拿不出一点证据。他是私生子——我喝醉了，和一个姑娘发生了一夜情，她怀上了，生下来了。后来那个姑娘带着孩子来认爹，我死不认账。再后来，法院依据医院的亲子鉴定判定了我是这个孩子的父亲。我认了，必须地。从此，我对这个孩子就有了特别的愧疚，还有很特别的那种爱。越看越觉得是别人的，越看越觉得是亲生的——我就是想不起他生母的身体。唉。

写作要面对戏剧性，没想到写作自身也有它的戏剧性。好玩得很哪。

四、《青衣》

《青衣》我写了二十多天，不到一个月——许多媒体的朋友总喜欢把我说成特别认真的小说家，几乎就是一个字一个字地抠。我不反对。人家夸我，我反对做什么，我又没毛病。

其实我写作的时候挺"浪"，一高兴就"哗啦哗啦"地。当然，"哗啦"完了，我喜欢放一放，再动一动。这一放、一动就有了好处，看上去不"浪"了，是"闷骚"的那一类。"闷骚"就比较容易和"稳重"挂上钩，最终是"德高望重"的样子。

一九九九年的年底，我开始写《青衣》，快竣工的时候，春节来了。我只能离开我的电脑，回老家兴化过年。走之前我把返回的车票买好了，是大年初五。老实说，我一天也不想离开我的《青衣》。等春节一过，我在大年初五的晚上就可以坐在我的电脑前面了。一切都很好。

就在大年初五的上午，我的小学、中学的老同学知道我回兴化了，他们约我喝酒。我说，这一次不行了，我的票都买好了，下次吧。我的一位老板朋友大手一挥："票买好了要什么紧，撕了，回头我让我的司机送！"

喝到下午，我对老板说，我该回南京了，叫你的司机来吧。我的老板朋友笑了，说："你还真以为我会送你？你起码再留两天，过年嘛，我们再喝两天！"

这个结局是我始料不及的，我很光火。我把筷子拍在桌面上，说："你搞什么搞！"站起来就走。

今天把这个故事写出来，目的只有一个，我要对我的朋友说一声抱歉。我感谢你们的好意。可是,有一点你们是不了解的,一个写作的人如果赶上他的好节奏,让他离开作品是很别扭的,他的人在这里,心却不在这里。这个世界上总有一些事情是不可以被打断的,比方说,做爱。

写作不是做爱,不可能是。可是,在某个特别的阶段,其实也差不了太多——我说这些无非是想告诉我的朋友,我当初对你那样,完全是因为那个青衣。她是你"嫂子",你"嫂子"要我回去,我又能怎么办呢?

五、还是《青衣》

二〇〇五年,我遇见了一个五大三粗的男人,他告诉我,他喜欢《青衣》。我的自我感觉很好。从外形上看,他不该是文学的爱好者,事实上,他坐过十二年的牢。连这样坐过十二年牢的、五大三粗的人都喜欢《青衣》,我没有理由不乐观,为自己,也为中国的当代文学。

二〇〇六年,我有机会去江苏的几家监狱访问。在(苏州监狱)访问期间,我知道了,监狱里的监管极其严格,但是,他们有机会读书,尤其是当代的文学杂志。一位"前书记"说,在监狱里三年了,他读的小说比他前面的五十多年都要多。"前书记"亲切地告诉我们:"很高兴。我对你们很了解咧!"

写下这个故事,无非是想说这样的一句话:

中国的监狱为中国的当代文学做出了巨大贡献!特此感谢,特此祝贺。

六、《推拿》

因为写了《推拿》,我在盲人朋友那里多了一些人缘。他们有重要的事情时常会想起我。

就在去年,我突然接到一个电话,是一个盲人朋友打来的。他邀请我参加他的婚礼。他是盲人,他的新娘子也是盲人,全盲。

我很荣幸地做了他们的证婚人。在交换信物的这个环节,新郎拿出了一只钻戒。新郎给新娘戴上钻戒的时候用非常文学化的语言介绍了钻石,比方说,它的闪亮,它的剔透,它的纯洁,它的坚硬。我站在他们的身边,十分希望新娘能感受到这些词,闪亮,还有剔透。她配得上这些最美好的词汇。可是,我不知道新娘子能不能懂得,我很着急,也不方便问。

在《推拿》当中,我用了很大的篇幅去描绘盲人朋友对"美"的渴望与不解。那是一个让我十分伤神的段落。"美"这个东西对视觉的要求太高了,如果我是一个盲人,我想我会被"美"逼疯。说实在的,在证婚的现场,我很快乐,却也有点说不出来路的心酸。——我知道这是一种多余的情绪,我很快就赶走了它们。

新娘子从口袋里拿出了一样东西,然后向主持人要话筒。新娘子的第一句话就是"我很穷",新娘子说:"我没有钱买珍贵的东西。"新娘子接着说:"我用我的头发编了一个戒指。"新娘子最后说:"用头发编戒指是很难的,我就告诉我自己,再难我也要把它编好。半年了,我一直在为我们的婚礼做准备。"

头发是细的、滑的,用头发去编织一只戒指,它的难度究竟有多大,我想不出来。但我要说的不是这个,我要说的是

"做准备"。

　　这个世界上什么东西最动人？我想说，是一个女孩子"做准备"。它深邃、神秘，伴随着不可思议的内心纵深。我想说，女性的出发没什么，"准备"出发是迷人的；女人买一只包没什么，"准备"买一只包是迷人的；女性做爱没什么，"准备"做爱是迷人的。生活是什么，在我看来就是"做准备"。

　　由此我们可以看看文化或文明是个什么东西，文化或文明就是准备生、准备死。有人问我：什么是专制。我说：所谓专制，就是千千万万的人为一个人的死做准备。准备的方向不同，文明的方向也就不同。古希腊的文明是"准备生"的文明，古埃及的文明是"准备死"的文明。

　　一个女孩子在为她的婚礼"做准备"，男人很少这样。男人的准备大概只有两个内容，一、花多少钱；二、请什么人。这其实不是"做准备"。"做准备"往往不是闪亮的，剔透的，很难量化。相反，它暧昧，含混，没有绝对的把握。它是犹豫的。活到四十六岁，我终于知道了，人生最美好的滋味都在犹豫里头。

　　　　　　　　　　（发表于《时代文学》2010 年 17 期）

谁也不能哭出来

《雨天的棉花糖》起笔于一九九二年的春天，就在暑假即将来临的时候，小说快竣工了，可是我发现，我看不到我预期的结尾。我预期什么呢？说起来很简单，是一种情感状态：欲哭无泪。我在折腾小说里的人物，也在折腾我自己，我们仿佛约好了，谁也不能哭出来。

谁也不能哭出来，这个情感状态，或者说这样的分寸感有意思吗，有意义吗？我说不好。我只能说，一个人在写作的时候极其顽固，伴随着写作，他会给自己预设一些不可理喻的、不讲道理的目标，然后，搬着自己的脑袋往上撞。小说发表出来之后，读者是否注意到了你的这个预期？是否认同你的这个预期？这不重要。重要的是，面对这一部作品，我想这么干，我必须这么干。《雨天的棉花糖》的结尾或者说"调子"必须是欲哭无泪的。

在前往徐州的路上，是在南京火车站吧，我坐在水泥台阶上，再一次阅读了尚未完工的手稿。还没有读完，我做出了一个疯狂的决定，我决定把小说的人称由"他"换成"我"。必须承认，我当时并不知道这个决定有多"疯狂"，等我再一次回到南京，我知道了，换小说的人称不只是把"他"换成"我"，或者说，把"我"换成"他"，它的艰难程度一点也不亚于二婚。

年轻好哇。年轻最大的好处就在于只相信自己而不相信困难。转眼暑假就到了，那个暑假有巴塞罗那奥运会，那也是我拥有了电视机之后的奥运会。可是，我对那一届奥运会的记忆是模糊的，我的心思全花在了一个叫"红豆"的男子身上了,"红豆"是《雨天的棉花糖》里最重要的人物,一个从"对越自卫反击"中返回故里的军人,一个失败的军人。

我没有参过军,没有任何战争经历,我为什么要写"红豆"呢?我的动机到底在哪里?我的热情和渴望究竟是什么?

时光必须回溯到一九八八年的春节。我是一九八七年大学毕业之后来到南京的,半年之后,也就是一九八七年的年底,我接受了一位学生家长的邀请,去学生的家里过了一个很特别的春节。我认识了我学生的"二姐"和"二姐夫",很不幸,他们正在闹离婚。闹离婚的理由不复杂——"我二姐一直都瞧不起我二姐夫"。

一望可知,"二姐夫"是一个弱势的人,瘦小,心深,鬼,眯眯眼。他几乎不正眼看人,看之前先要把眼睛闭上,睁开之后马上又避开。我其实很害怕和他交流,我就希望他端端正正地看着我,四眼相对,然后好好说话。可他偏偏就不看,一眼都不看。和所有痛苦的人一样,"二姐夫"对陌生人有一种难以理喻的热情,他坚持把我邀请到了他家,他让我在他的家里"住两天"。

在深夜,"二姐夫"来到了我的房间。我想说,这次谈话对我来说是重要的,我的心一波三折。我不敢相信坐在我面前的"二姐夫"是一个退伍军人,他的身上没有半点退伍军人的气息与痕迹,令我更加不能相信的是,"二姐夫"参加过"对越自卫反击战"。我想我的吃惊有些过分了,过分的吃惊就等于怀疑。为了证明他的话是真的,"二姐夫"把他的战地日记翻了出来,十分郑重地递到了我的手上。我的小人之心马上得出了一个阴暗的判断,他做这一切是有目的的,他想让我这个客人知道,在这个家里,他并不是一个弱者,不是一个随便可以让人踢出去的软蛋,起码,他有一个强壮的、伴随着硝烟与爆炸的过去。

接过日记本的时候,我的心中充满了崇敬,要知道,那是一九八八年。一个刚满二十四岁的年轻人必然是这样的,——他对一切经历过战争的人都心存崇敬。但是,很不幸,战地日记写得很糟糕,几乎没有具体内容,没有战地生活,没有画面,没有描述,我读到的只是决心、激情、效忠、呐喊,对死亡(牺牲)的热切以及没有来路的、又大又空的爱。

后来,"二姐夫"从我的手上把他的日记本拿了回去,合上,抚摸,轻声骂了一声"他妈的",然后说了一句让我终生难忘的话:"白写了,没死掉。"

这句话在我的心口上划了一刀。我望着"二姐夫",他还是没有看我。为了回避我的目光,他昂着头,闭着眼睛,在微笑。他的表情和腔调是自嘲的、自贱的,很羞愧、很不甘。必须承认,他的表情尤其是他的腔调在我的心口上又划了一刀。我想说,此时此刻,他多么渴望感受一个烈士的荣光与骄傲。死了多好,如果他死了,他就什么都有了。他是有机会死的,他已经做好全部的铺垫和全部的准备,命运却把他送回了家。多么遗憾!他的一生将为此而懊恼,追悔莫及。

他妈的,白写了,又没有死掉。

现在(不是当时)的问题是,他活着回来了,还没有残疾,然而,是什么让一个从战场上安全回家的退伍军人如此懊恼并追悔莫及的呢?

我记住了"二姐夫",可我没有想到有一天我会写一个退伍军人的故事。

以我写作的经验来看,一个印象,或者说,一个记忆,很难生成一部小说。小说是在什么时候生成的呢？是在一个印象、一个记忆被另一个印象、另一个记忆激活的时候。我的小说大多来自这样的激活。

现在我必须要说另一件事。

把"二姐夫"激活起来的是《新闻联播》里的一个电视画面。具体的日子我记不得了，我能够肯定的只有一点，是九十年代之后、我写《雨天的棉花糖》之前。电视画面来自美国的空军机场，内容是老布什去迎接美国的战俘。老布什很激动，他对那些做过战俘的美国大兵说："你们是美国的英雄！"

在今天，这句话也许很普通，可是，我必须要强调，那是九十年代初。老布什的话在我的耳朵里是石破天惊的，老布什的话远远超出了那个时代一个中国年轻人的认知能力，它强劲地突破了我的情感方式，它毁坏了我的内在逻辑。

电视画面还在继续，老布什的讲话之后，我看到了美国空军机场上众多的女人，她们是母亲或妻子。她们在流泪，她们幸福，她们自豪。她们在和一个又一个死里逃生的"前战俘"拥抱，亲吻。我不能接受老布什的话，可我必须无条件地接受一群女人的幸福与快乐。母亲与妻子的幸福快乐必须是正确的，只能是正确的，她们的泪水内部富含人生的常识和恒久的真理。如果不是这样，错的只能是生活。

现在(也是当时)的问题是，如果这群大兵是中国人，结果将会怎样？我们的母亲们和我们的妻子们会如何面对自己的亲人？空军机场是透明的还是秘密的？母亲与妻子是自豪的还是自卑的？

"二姐夫"来了。"二姐夫"和美国的空军机场彼此毫无关联，可是，他神秘地降落在了我的记忆表面。他的面貌比当初的那个深夜还要生动，还要鲜活。他的身边没有母亲，没有妻子，他的身边没有老布什。他的身上布满了疼痛的痕迹。我知道我可以写点什么了。

一切都是假设，但是，如果假设让我也疼痛了，我就有理由认定，假设离地面只有20厘米，一阵风就可以把它吹落下来。

真的不复杂，《雨天的棉花糖》写了一个战俘。它是一个悲剧。我当然知道悲剧的硬指标：眼泪。

然而，读《雨天的棉花糖》可以流泪么？

我的答案是不能。说到底这不是答案，是我的希望，是我对《雨天的棉花糖》的一种预期。

悲剧无非有两种——

一种是"可以解决"的悲剧；一种是"尚未解决"的悲剧。已经解决的悲剧必须让人流泪，流泪说到底是一件痛快的事；另一种悲剧是，它在我们的现存生活中依然不可能得到解决，它只能是欲哭无泪。——这是美学原则么？不是，是我的一厢情愿。

我的一厢情愿并不成功，事实上，《雨天的棉花糖》发表之后并没有引起什么关注，它甚至连发表出来都是困难的，这就是为什么直到一九九四年读者朋友们才能够读到它。人们可以用成败来论英雄，父母却从来不用成败来论孩子。对我来说，《雨天的棉花糖》永远是我最特殊的一个"孩子"，特殊在什么地方呢？在我和"红豆"朝夕相处的那些日子里，我深深地爱上了他。到现在为止，在我的小说人物谱系里，"红豆"是我最喜爱的一个人。不是我塑造了他，是他帮助了我。他为我替换了精神上的软件，因为"红豆"，我看世界的方式发生了本质性的转变，他让我长大了，"成人"了。如果允许我说得大一点，夸张一点，我想说，通过

《雨天的棉花糖》的写作，我由一个"无产阶级革命事业的接班人"蜕变成了一个人道主义者。

《雨天的棉花糖》，是我小说写作的一小步，却是我人生的一大步。我一再对媒体说，我感谢写作，却始终没有机会把这句话说清楚，现在，我想把我的"感谢"说清楚一些——

因为人生经历的局限，我其实不是在现实生活中成长起来的，我的每一次精神上的成长都是在写作中完成的。无论你怎样批评我自恋，我都要说，我真切地爱着我小说里的那些人物，他们从不让我失望。我希望有这么一天，他们能对我说，我们也爱你，你从来也没有让我们失望。

（发表于《扬子江评论》2010 年 1 期。

原题：写作《雨天的棉花糖》）

恰当的年纪

作品和作家的组合关系也很有趣,如果是一九九五年——我写《哺乳期的女人》的那一年——三十一岁的作者该如何去写《推拿》呢?我想可能是这样的:他一定会把《推拿》写成一部象征主义的作品,作品中的人物是次要的,人物的感情也是次要的,他要逞才,他要使性子,他要展示他语言的魅力,他要思辨。亨廷顿说了,这是一个"理性不及"的世界,借助于盲人这个题材,三十一岁的年轻人也许会鼓起对着全人类发言的勇气,试图图解亨廷顿的那句话。年轻人很可能会做出这样的决定:张三象征着局部,李四象征着局限,王五象征着人与人,赵六象征着人与自然——所有的人都在摸象,然后,真理在握。在小说的结尾,太阳落下去了,它在什么时候才能再一次升起呢?没有人知道。盲人朋友最终达成了这样一个伟大的共识,这个世界从来就没有太阳,它只是史前的一个蛋黄。

写作其实不是文学,而是化学。这么多年的写作经验告诉我:同样的人、同样的事,在不同的年龄阶段,它们在小说家的内部所构成的化学反应是完全不一样的。什么是好的语言?布封说:"恰当的词放在恰当的地方。"什么是好的机遇呢?我会说:"恰当的小说出现在恰当的年纪。"在恰当的年纪,作品与作者之间一定会产生最为动人的化学反应。

我写《推拿》的那一年是四十三岁,一个标准的中年男人。因为长期的家庭生活,中年男人有了一个小小的改变,过去,中年男人无比在意一个"小说家的感受",为了保护他的"感受力",他的心几乎是封闭的、绝缘的。但是,生活慢慢地改变了他,他开始留意家人,他开始关注"别人的感受"。对一个家庭成员来说,这只是一个小小的变化,但是,相对于一个小说家而言,他迈出了革命性的一步。

就在我写完《推拿》不久,我在答记者问的时候说了一句话:"对一个小说家来说,理解力比想象力还要重要。"这句话当即遭到了学者的反对。我感谢这位学者的厚爱,其实他完全用不着担心,想象力很重要,这个常识我还是有的。我之所以把理解力放到那样的一个高度,原因只有一个,我四十三岁了。我已经体会到了和小说中的人物心贴心所带来的幸福,有时候,想象力没有做到的事情,理解力反而帮着我们做到了。

想象力的背后是才华,理解力的背后是情怀。一个四十七岁的老男人可以很负责任地说:人到中年之后,情怀比才华重要得多。

情怀不是一句空话,它涵盖了你对人的态度,你对生活和世界的态度,更涵盖了你的价值观。人们常说:中国的小说家是"短命"的,年轻时风光无限,到了一定的年纪,泄了。这个事实很能说明一个问题,我们不缺才华,但我们缺少情怀。

小说家的使命是什么?写出好作品。这句话只说对了一半。小说家也有提升自身生命质量的义务。在我看来,生命的质量取决于一件事,作为一个人所拥有的情怀。我渴望自己有质量,虽不能至,心向往之。

我至今也不认为《推拿》是一部多么了不起的作品,但是,对我来说,它意义重大。我清晰地感受到,通过这本书的写作,我和生活的关系扣得更紧凑一些了,我对"人"的认识更宽阔一些了。

这是我很真实的感受。基于此，我想说，即使《推拿》是一部失败的作品，在我个人，也是一次小小的进步。

我找到了我的新方向，我又可以走下去了。

（发表于《扬子江评论》2011年5期。

原题：《推拿》的写作）

外部不停地在建，内心不停地在拆迁

我第一天拿起笔来就伴随着莫名的压抑感。其实我天性并不压抑，相反，是个很乐观的人。但是，当我写小说时，那种压抑感就会跳出来了。写完《青衣》之后，我发现压抑和痛感正是写作的动力。

二十多岁时，就是想用一句话把世界放倒。非常瞧不起小说，只想做一个诗人。我是1983年读的大学，那时候人们心目中的英雄是顾城、舒婷。不过，我很快就知道自己爱诗歌，但能力不在这里，我还是擅长叙事。大学毕业之后，当了教师，突然发现时间太多了，诗歌十分钟就写完了，需要找个能够"杀"时间的事情来做，于是开始写小说。表达欲一直伴随着我，这个很重要。跟语言的亲近感也是天然的。

我脾气急躁，从来都以为自己没有耐性。开始写小说之后，才知道原来那么急躁是因为没有找到适合自己做的事情。我常常一写小说就是十五六个小时，停下来之后，需要想一下，今天到底有没有吃晚饭啊？

从乡村、小镇到县城、小城市、中等城市、大城市，这样的成长经历让我一进入文学这个行当就有比较宽的"戏路"。35岁之后，我才敢走写实道路。45岁之后，如何面对急速变化的中国都市以及不停改头换面的文化形态，倒是一个新的问题。进入都市后，我们的生活范围是很小的，视野受限。拓宽生活半径是当务之急，我常常需要通过朋友的关系到处去看，观察各色人等的生活。

以前，我的自信心有点不可思议。1994年，给张艺谋写《摇啊摇，摇到外婆桥》剧本时，我都没去过上海，就是张艺谋拿了一本《上海滩秘史》给我，五六百页，我翻完就开始动笔。写《青衣》的时候就看了一本《京剧知识一百问》。小说出版后，有人以为我是一个老大爷，还有人认为我与某个京剧女演员有彻骨的痛。所以，新闻的本质是真实，而小说的本质则是虚构，小说家需要虚构的能力。

前几年，我运动受伤，去做理疗，差不多有五六年的样子，跟推拿师几乎每天见面、聊天，有些还成了好朋友。后来我写了关于盲人推拿师的小说《推拿》，但是跟推拿师们聊天的内容没有写进去。某些事情会触发我的想象，变个样把故事的模样换了，因为我不希望我的盲人朋友对号入座，那样会伤害他们。其实一旦了解规律性的东西，有些故事可以通过想象完成。虚构是小说家的基本功。那种非得将事实本身写出来的诱惑是没有的，这就是作家与记者的分别。

《推拿》出版后，通过有声读物，我的盲人朋友很快听到了，他们很高兴，又有点意犹未尽，觉得有许多故事比小说更精彩，还经常打电话给我讲各种故事。他们特别渴望对号入座，猜测小说中的人物到底是哪个。但是，与他们聊起来，他们只会说，你写得好啊。我当然知道这其中有某些客套的成分，很多人认为我擅长写女性角色，我倒并不这么认为，只要我对某个人物感兴趣，就能将他（她）写好。有时大家觉得某个人物特别出彩，很可能是我写这部作品的创作状态比较好，让人物有了光彩。

作为小说家，一定会有偏好的人物，一种是情感上的，一种是美学上的。比如，从小说美学上讲，《玉米》的主角玉米在各方面更饱满,但是,从情感上我更关注有庆家的。这个人一出现我就格外小心。我年轻时做老师,一直提醒自己要对学生一视同仁,但我也知道只要是一群人,就难免有亲疏。小说家对作品中人物的亲疏不是神秘的事情,而是人之常情。有庆家的善良、美丽,又是被损害的,自然我会站在她的一边。但小说家又不能被人之常情牵着走,小说有自己的逻辑,需要自己平衡。所以,福楼拜写到包法利夫人自杀后会大哭。

在矿业大学的那个假期,我完成了第一本小说。当时写小说的那支笔裂开了,缠了一层又一层的胶带,上面是一个假期的汗水和尘垢。当时觉得有种悲壮感,后来想,有什么好悲壮的呢?写完一个作品跟出租车司机拉完一天客也没有什么区别。

每一部作品的写作过程都是痛苦的,那些神来之笔对写作的人都是坎,是对作者的一次次折磨。我是一个宿命的人,很相信运气。33岁时,《哺乳期的女人》获得了鲁迅文学奖。得奖早对我来说是一个好事,因为很早就能看清这一点:有些作品自己写得很满意,但是发表之后默默无闻;有些作品写的时候没费什么劲,却能获得满堂彩。我得学会习以为常,无论什么结果都随它去吧。

宿命感与天性中的悲观情绪有关,但我本身是个乐观的人。悲观的是宏观的生命,很早就知道人总要死的。所以,无论瞬间有多么辉煌、快乐,最后都是白茫茫大地真干净。这不需要有多深的哲学素养,而是某个神经类型决定的。我爱运动,每天都在健身房与钢铁器械打交道,最后都是一个失败的形象回家。因为弄不动了才会停止,而当你停下来,就是精疲力竭、被那些器械打败的时候。我每天都在面对这样的失败,对于失败就很坦然,这是所有状态的最终归宿。

我们的文化是一个压抑的文化，我们的现状也是压抑的，在权力和资本面前，人们会觉得渺小。我在《推拿》和《玉米》中都写到了性压抑。性压抑其实是一个修辞手法，对写小说的人来说，性是一个公器，能够说明很多问题，有很好的时代特征。《玉米》中的性压抑是"文革"时代政治的压抑，而《推拿》中的性压抑是商品时代的压抑。对于中国人来说，能够压迫他们的也就是权力和资本这两座大山。

时代发展太快了，中国处于快速的上升期，又遇上这个快速的时代，就是一个加速度。五年前的手机和 iPhone4 放在一起，感觉一个时代过去了。所以，有人戏言，"90 后"是怀旧的一代。当然，时间是恒定的，快与慢更是人心理的映照。

处于高速发展的时代与遇上一场战乱没有区别，每天都在和和美美地妻离子散。这对于小说家来说是一个很好的时代，有很好的素材。我们看到外部世界如此繁荣、强大，其实内心破烂不堪，外部不停地在建，内部不停地在拆迁。兵荒马乱，如何收场？我也不知道。大家都无法节制，今年收入 3 亿，明年一定要 4 亿，能力已经达到 3 亿了，内心的欲望告诉你没有 4 亿不行，只有得到 4 亿之后才能存活。

但是不发展又怎样呢？好像谁也不知道。未来像宇宙一样，无边无际，没有尽头。没有一个人会告诉你，到哪一点可以停止了。所以，我渴望的时代性就是尊重局限、尊重节制。但问题是没有人会选择克制。在外在的价值評判上，也与无节制发展有呼应。身价 2 亿的人得到的关注和肯定比 2000 万的多。人人都为着更高更强拼杀，文明社会便成了一个丛林。这几年，网络中最时髦的词都是表达负面的，"纠结""悲催"成为全民使用率最高的词。这是时代的问题,人的幸福指数很低,一旦有一个表达负面的东西,就会广泛传播。

　　作为一个宿命的人,只有一个办法应对这个不断膨胀的世界,那就是更加开心地活着,更加踏实地干活,用内心与外部世界周旋。否则,一个苹果手机就可以把你的人生毁了。一会儿 iPhone4,一会儿 iPhone4S,不停地换,不停地追。所以我觉得我儿子挺了不起的,我给他 iPhone 时,他说,不要,我为什么要和别人一样。

(本文由金雯采访,收入《世界观 2011》,文汇出版社 2012 年 1 月版,《新周刊》编)

《平原》的一些题外话

我的电脑上清晰地显示,《平原》的定稿日期是 2005 年的 7 月 26 日。很遗憾,开工的日期我忘了写了。但我是记得的,那时候很冷。我对"冷"很敏感,因为我怕冷。我的生日是 1 月 19 日,用我母亲的话说,那是"四九心",是冰天雪地的日子。在我离开母体之后,接生婆把我放在了冰冷的地面上,中间只隔了一张《人民日报》。按照接生婆的说法,她这样做有两样好处:一是去"胎火",二是孩子长大了之后不怕冷。经过接生婆奇特而又美妙的"淬火",照理说我应该是一个不怕冷的人才对。事实上却不是这样,我怕冷。我怕冷是写作带来的后遗症。——在我职业生涯最初的十多年,写作的条件还很艰苦。因为白天要上班,我只能在夜里加班,每天晚八点写到凌晨两点。在没有任何取暖设备的年代,南京冬夜的冷是极其给力的,家里头都能够结冰。我记忆最为深刻的是这样的一件事,在冬天的深夜,每当我搁笔的时候,需要用左手去拽,因为右手的手指实在动不起来了。——经历了十多年"寒窗"的人,哪有不怕冷的道理。

也许是寒冷给我带来的刺激过于强烈,一到最冷的日子我的写作状态反而格外地好,都条件反射了。说句俏皮话,我一冷就"有才"。因为这个缘故,我的重要作品大多选择在 1 月或者 2 月开工。这个不会错的。如此说来,《平原》的开工日期似乎是在 2002 年的春节前后。

我决定写《平原》其实不是在南京，而是在山东。

为什么是在山东呢？我太太的祖籍在山东潍坊。2001年，孩子已经五岁了，我的太太决定回一趟山东，去看看她生父的坟。说起来真有点不可思议，这是我第一次为亲人上坟——我人生里有一个很大的缺憾，我没有上坟的经验。我在过去的访谈里交代过，我的父亲其实是一个孤儿。他的来历至今是一个黑洞。这里头有时光的缘故，也有政治的缘故。同理，我的姓氏也是一个黑洞。我可以肯定的只有一点，我不姓"毕"，究竟姓什么，我也不知道。1949年之前，我的父亲姓过一段时间的"陆"，1949年之后，他接受了"有关部门"的"建议"，最终选择了"毕"，就这么的，我也姓了毕。——我这个"姓毕的"怎么会有祖坟呢，我这个"姓毕的"哪里会有上坟的机会呢？

说完了这一切我终于可以说了，在上坟的路上，我是好奇的，盼望的，并没有做好足够的精神准备。我太太是两岁半丧的父，在随后的几十年里，她一直生活在江苏。这个我知道的。可是，有一件事情我当时还不知道，"丧父"这件事从来就不会因为生父的离去而结终，相反，会因为生父的离去而开始。生活就是这样，在某一个机缘出现之前，你其实"不知道"你所"知道"的事。这不是我们麻木，也不是我们愚蠢，是因为我们没有身临其境，是因为我们没有设身处地。我再也不想回忆上坟的景象了，在返回的路上，我五内俱焚。我一直在恍惚。我的脑子里既是满的又是空的，既是死的又格外活跃。我对一个词有了重新的认识，那就是关系，或者说，人物关系。我对"人物关系"这个日常的概念有了切肤的体会。哪怕这个关系你根本没见过，但是，它在，被时光捆绑在时光里。

我的处女作发表于1991年。在随后的很长时间里，就技术层面而言，我的主要兴趣是语言实验。到了《青衣》和《玉米》，我的兴奋点挪到了小说人物。山东之行让我做出了一个重要的调整，我下一步的重点必然是人物关系。

我记不得我是在哪一天决定写《平原》的了，但是，在山东。这一点确凿无疑。

《平原》是小说，就小说本身而言，它和我的家族没有一点关系，它和我太太的家族也没有一点关系。但是，隐含性的关系是有的。因为特殊的家世，我对"家族""血缘""世态""人情"，乃至于"哺乳""分娩"等话题一直抱有特殊的兴趣。我曾经说过一句话，我"生下来就是一个小说家"，许多人对这句话是误解的。以为我狂。我有什么可"狂"的呢？我希望我的家族里的每一个人都幸福，可实际情况又不是这样。我的家族里的许多人都有一个共同的特征，许多人的人生都有无法弥补的缺憾。——我愿意把这种"无法弥补"看作命运给我的特殊馈赠。生活是有恩于我的。

在《平原》发表之后，也就是2005年下半年之后，我的访问和演讲大多围绕着"世态人情"，我的许多谈话都是从这里展开的。不少朋友替我着急，认为我不尊重文学的"想象力"。扯什么淡呢，没有想象力还写什么小说呢。我想说的是，一个负责任的写作者不愿意信口雌黄，开口闭口都是永远正确的空头理论。——他的言谈往往会伴随着他的实践，写到哪里，他就说到哪里。在不同的写作阶段，他的言论会有不同的侧重，就这么简单。这也是《推拿》出版之后我反反复复地唠叨"理解力"的原因。

如果你执意要问，你写《平原》的时候究竟在想什么？这个问题其实并不好回答。我写作的时候脑子并不那么清晰，这是我喜爱的和刻意保持的心智状态。但我会悬置一些念头。这些悬置的念头是牧羊犬，它领着一群羊。似乎有方向，似乎也没有方向。每一头羊都是自由的，"放羊"嘛。但总体上又能够保持"羊群"的格局，否则就不再是"放羊"。我想我前面已经说了第一条了，为了表达的清晰度，我愿意再把两条牧羊犬牵出来，让它们叫两声。

一、人物关系

还是用"国货"来做例子吧。如果我们把《三国》《水浒》《红楼梦》放在一起，我们一眼就能分辨出不同的人物关系：《三国》与《水浒》里的人物所构成的是"公共关系"，剑指家国天下与山河人民；而《红楼梦》里的人物所形成的则是"私人关系"，我愿意把私人关系说得更形象一点，叫作"屋檐下的关系"，这里有人生的符咒与密码，"我见过你的"。五四之后的中国文学向来有它的"潜规则"，——公共关系的"格局"和"价值"大于屋檐下的关系。公共关系是宏伟的，诗史的，大气的，正统的，康庄的，屋檐下的关系呢，它充其量只是公共关系的一个"补充"。

可我信不过公共关系。保守一点说，在小说的世界里，我信不过公共关系。说不上因为什么，我就是信不过。我一直缺少一种理论能力来充分地表达我的这种信不过。我不懂古玩，在高人的指点下，我最近知道了一个概念，叫"包浆"。我想我终于找到一种合适的表达方式了。"包浆"在物体的最表层，它不是本质。可是，吊诡的是，行家们恰恰就是依靠这个表层来断定本质的，甚至于，这个表层才是本质。是真,还是假,行家们"一眼"就"有数"了。在我看来,相对于哲学,小说的对象就是表层,揭示本质那是哲学家的事。但是,小说的意义就在于,它所描绘的表象可以反映本质,直至抵达本质。

我喜欢屋檐下的人物关系。在屋檐下,所有的人物都具有真货的"包浆",印证出本原的质地。而到了公共关系里头,无论人物的"做工"有多好,他的"包浆"始终透露出仿品的痕迹,他的光泽不那么安宁,有"冒充"的吃力,有"冒充"的过犹不及。

当然,"包浆说"是我的一点浅见,上不了台面的。这和我的趣味有关,这和我的个人身世有关。我尊重热衷于公共关系的作品,事实上,我同样是"公共关系类"小说的热心读者。我只是对审美的"潜规则"不满意。——公共关系和屋檐下的关系是等值的;处理公共关系和处理屋檐下关系的美学意义是等值的。不等值的只是写作者的能力和格局。

《平原》里的事情大部分在屋檐的下面,我要面对是亲人与亲人。批评家张莉女士曾告诉我,多年之后,《平原》的读者根本不需要通过时代背景的交代就可以直接进入小说(大意)。这不是一句赞美的话,而是她阅读后的感受。这句话让我极度欣慰。

二、文化形态

说《平原》是很难避开《玉米》的。它们有先后和衔接的关系,它们拥有相同的价值取向,它们还有近似的美学追求,它们的语言类属一个系统。《平原》和《玉米》的叙述语气几乎一模一样,和《推拿》不同,与《青衣》迥异。

问题来了,既然《平原》和《玉米》那么相似,你还写个什么劲呢?你沿着《玉米》的调调,把《玉穗》《玉苗》《玉叶》一路写完了不就完了?

不是这样的。《平原》和《玉米》其实有质的区别。这个区别在文化形态。

《玉米》梳理的是中国乡村"文革"的转折关头(林彪事件所发生的 1971 年)。这转折是"文革"内部的转折,中国不是变好了,而是更坏。"文革"正在细化,在渗入日常,在渗入婚丧嫁娶和柴米油盐。

可 1976 年的中国乡村是不一样的。这正是《平原》所渴望呈现的。在 1976 年的中国乡村,压倒性的政治力量其实很疲软了。伴随着三次不同寻常的葬礼,一些常规的、古老的乡村情感和乡村人际业已呈现,古老而又愚昧的乡村文明有了死灰复燃的迹象。用我父亲的话说,人们的精神状态"越来越像解放前"了。那是乱世的景象。然而,这乱世太独特了。它不是兵荒马乱的那种乱。它很静,是死气沉沉的乱,了无生息。人们不再关注外部,即使替换了领袖,"上面"还想热闹,可人们的热情实在已经耗干了。没有人还真的相信什么。人们想起了"过日子",不是生活,是混。没有眼泪,没有悲伤。活一天是一天。

我不知道人类历史上还有没有类似的历史时刻,整整一个民族成了巨大的植物人。他失去了动作能力,内心在活动,凌乱,生动,是遥远的故往,像史前。奇怪的是,"家"的概念却在复活,人似乎又可以自私了。——我不想放过它。

关于《平原》和《玉米》的区别,我还想补充一点,《玉米》在风格上是写实的,它的美学特征是现实的,然而,它一点都不"写实"。我的生活并没有为我提供"写实依据",它是想象的。《平原》则不同,《平原》的落脚点在1976年。1976年,我已经是一个12岁的少年。因为我的父亲是中学教师,我很早就和中学生、知青们一起厮混。我实际上要比同年代的孩子早熟一些。从这个意义上说,《平原》里主人公端方、三丫、兴隆、佩全的生活和我同步,——《平原》是离我最近的一本书,它就是从我的现实人生里生长出来的,是我的胳膊,在最顶端,分出了五个岔。

端方是《平原》的主人公,结构性的人物。也就是所谓的"男一号"。说起来真是不可思议,我对所谓的"男一号"和"女一号"没什么兴趣。为了小说的结构,我们必须有"男一号"和"女一号",但是,真正令我着迷的,反而是围绕在"一号"周边的那些配角。以我对小说的肤浅的认识,我觉得,小说的广度往往是由"一号"带来的,小说的深度则取决于"二号""三号"和"四号"。而不是相反。

我甚至认为,"一号"其实是不用去"写"的,把周边的次要人物写好了,"一号"也就自然而然地出来了。

在这里我想谈谈几个次要人物。

我想说的第一个人物是"老鱼叉"。"老鱼叉"是《平原》当中最为重要的一个人物,也是我写得最为成功的一个人物(抱歉,卖瓜了)。1949年之前,"老鱼叉"是一个革命者。许多时候,我们容易把革命者和理想主义者混同起来,而事实上,许多革命者是最没有理想、最没有定见、最动摇的那部分人。他们是被风吹走的人。他们革命,不是因为知道自己要做什么,而是因为他们不知道自己要做什么。《阿Q正传》描写过革命者的革命,有一句话鲁迅说得特别地深刻："于是一同去。"革命者有一个共同的名字，叫"于是"，他们所从事的事业就是"一同去"。

在中国的乡村，作为农民革命的胜利者，"革命者"和"胜利者"都为数甚众。但许多人忽略了一件事，那就是"中国农民的愚昧和善良"。这是一对古怪的文化组合，也是一对古怪的心理组合。中国农民的行动力大多是由这个梦幻般的组合提供能量的。这是一个值得许多作家和学者面对的一个大问题。可以说，愚昧和善良是中国农民的两面，它是动态的，哪一面会呈现出来，带有极大的随机性和偶然性。通常，它们相伴而行。我不是一个中国农民问题的专家，但是我可以负责任地说，中国农民是全人类最缺少爱的庞大集体，从来没有一个组织和机构真正爱过中国的农民。

无论如何，描写"革命者"和"胜利者"是《平原》的分内事。在此我承认，"老鱼叉"这个人物是有原型的，这个原型就是我同班同学的父亲。他住在"前地主"宽大的大瓦房里，那是他的战利品，他还成功地继承了"前地主"的一位小老婆。他的不幸在于，从我认识他的那一天起，他就不停地自杀。因为他总是梦见"前地主"来找他。1974年，他成功了。他把自己吊死在了大瓦房的屋梁上。

理性一点说，在中国的乡村，"老鱼叉"没有普遍意义。他的内心和他的行为更没有普遍性。但是，这件事对我的刺激是巨大的，——我见过"老鱼叉"的尸体。这具尸体并不恐怖，但是，围绕着这具尸体所散发出来的言论却阴森恐怖，"前地主"的鬼魂似乎一天也没有离散过。它在飘荡。它是"变色猫"，白天是白猫，夜晚是黑猫。我愿意把"老鱼叉"的死看作"胜利者"的良心未泯，它是后来的后怕、后补的后悔，然而，上升不到反思与救赎的高度。因为"变色猫"游荡的身影,我写"老鱼叉"的时候特别地胆怯,一到这个部分我就惶惶不可终日。眼睛尖的读者也许能够读得出来。

　　我想说的第二个人物是"混世魔王"。一个知青。我写这个人物是纠结的。从个人情感上来说,我对知青有好感。我的家一直是知青俱乐部,我的许多小学老师就是知青,他们在我的人生道路上起过举足轻重的作用。但是,当我面对"混世魔王"的时候,我的心情却有些复杂。

　　如何面对知青？我决定把这个话题说得简洁一点。问题的关键是角度。我出生在乡村,是村子里的人。换句话说,无论我个人和知青的关系如何,在看待知青这个问题上,我不可能选择"知青作家"的角度,相反,我的角度是村子里的,是农民的。这也许是我和知青作家最大的差异。我不拥有真理,但我拥有角度。我想我不能也不该偏离我的角度。即使有一天,未来证明了我的角度有问题,我也愿意把《平原》放在这里,成为未来这个话题的一个小小的补充。

　　我最不想说和我不得不说的这个人是老顾。他是一个被遣送到乡村的"右派"。我写这个人不只是纠结,我简直就是和自己过意不去。——我的父亲就是一个被遣送到乡村的"右派"。

　　长期以来,无论是早起的"伤痕文学",还是后来的"右派文学",包括再后来的"反思文学",在中国的当代小说当中,"右派"这个形象其实已经有了他的基本模式,概括起来说,——他是被侮辱的,也是被损害的,他在政治上代表了最终"正确"的那一方,他是早觉者,他是悲情的文化英雄。

　　因为家庭的缘故,我从小就认识许许多多的"右派"。当然了，他们和我的父亲一样，都是"小右派"。在我的文学青年时代，我读过大量的"右派作家"和有关"右派"的小说，我的总体感觉是，我的前辈们偏于控诉了，或者说，偏于抒情了。这是可以理解的。但是，时间过去了这么久，不能说这不是一种遗憾。现如今，"右派"作家年事已高，大部分都歇笔了。如果他们还在写，他们会做些什么呢？

"右派"是集权的对抗者。"右派形象"也是文学作品当中集权的对抗者。他们是可敬的。我的问题是，当历史提供了反思机遇的时候，这里头该不该有豁免者？有没有人可以永久地屹立在绝对正确的那一方？我的回答是不。《平原》的反思包含了"右派"，这并不容易。一方面有我能力上的局限，另一方面也有我感情上的局限。在写老顾这个人物的时候，我是沉痛的。我至今都没有让我的父亲读《平原》，我们从来没有聊过这个话题。我是回避了。——面对老顾，我从骨子里感受到一个小说家的艰难。许多时候，你明确地知道"该"往哪里写，但是，你下不去笔。这样的反复和犹豫会让你伤神不已。

《平原》的第一稿是33万字，最后出版的时候是25万。我在第三稿删掉了8万字。这8万字有一部分是关于乡村的风土人情的，——在修改的时候，我不愿意《平原》呈现出"乡土小说"的风貌，它过于"优美"，有小资的恶俗，我果断地把它们删除了；另外的一个部分就是关于老顾。我要承认，我"跳出来"说了太多。这个部分我删掉的大概也有4万字。

为了预防自己反悔，把删除的部分再贴上去，我没有保留删除掉的那8万字。在我的写作生涯中，这是让我最为后悔的一件事。我的直觉是：有关老顾的那4万字，我这辈子可能再也写不出来了,那个语境不存在了。借助于老顾,我对马克思《巴黎手稿》有很长很长的"读后感",我只记得我写得很亢奋,但是,《巴黎手稿》我基本上已经忘光了。没有受过良好哲学训练的人就这样,他永远都不可能成为一个好的哲学读者,读也读了,忘就忘了。

我感兴趣的其实还是"异化"这个问题。这是一个老话题了。上世纪八十年代读大学的朋友一定还记得,那个时代有过一次"异化问题"的社会大讨论。"异化"这个概念最早是由费尔巴哈提出来的,他讨论的是人与上帝的关系,上帝最终使人变成了"非人"。黑格尔接手了这个话题,他借助于"辩证法"——这个雷霆万钧的逻辑方法,进一步探讨了人类的"异化"。马克思,作为一个革命的鼓动家,在号召"全世界无产者"革命之前,他分析了"商品",揭示了"剥削";他同时也探索了"异化",他的"辩证法"是这样的:"大机器生产"与"工人阶级"是"对立的统一",这个"对立统一"的结果是人的"异化"——人变成了机器。

——我其实并没有能力讨论这样宏大的哲学问题。让我对"异化"问题产生兴趣的是我大学三年级的一次阅读。一个小册子,白色封面,红色书名。作者是"高层"的一位"秀才"。他的论述是这样的:中国是农业社会,还没有进入马克思所谈及的"大机器生产",所以,中国社会不存在"异化"问题。

读完这个小册子我非常生气,一个年轻的、读中文的大学生,他没有很好的哲学素养,他尚未深入地了解社会,他没有缜密的逻辑能力,可他不是白痴。你不能这样愚弄我。——这是什么逻辑?——这哪里还是讨论问题?这是权力借助于"理论"这粒伟哥在暴奸。

我写老顾，说到底，不是写"右派"，写的是"理论"或"信仰"面前中国知识分子的"异化"。

也许我还要简单地谈一谈第四个人物，三丫。我打算把这一段话献给今天的年轻人。三丫的悲剧来自血统论。血统论，多么陌生的一个词啊。我想说的是，血统论是这个世界上最邪恶的事情，最起码，是最邪恶的事情之一。

说到这里我特别想说一点题外话。很长时间以来，我的脑袋上一直有一顶不错的帽子，"写女性最好的中国作家"。这个评价是善意的，积极的。但是，在现实层面，它有意无意地遮盖了一些东西。我不会为此纠结，可我依然要说，我的文学世界委实要比几个女性形象开阔得多。

《平原》大致上写了三年半。到现在为止，《平原》是我整个写作生涯中运气最好的一部。它从来没有被打断过。我在平原上"一口气"奔跑了三年半，这简直就是一个不可思议的奇迹。在今天，当我追忆起《平原》的写作时，我几乎想不起具体的写作细节来了，就是"一口气"的事情。当然，它也带来了一些副作用。在我交稿之后，我有很长时间适应不了离开《平原》的日子。有一天的上午，我端着茶杯来到了书房，坐下来，点烟，然后，把电脑打开了。啪啪啪，不停地点鼠标。我做那一切完全是下意识的，都自然了。文稿跳出来之后我愣了一下。这个感觉让我伤感，它再也不需要我了。我四顾茫茫。我只是叠加在椅子上的另一张椅子。我也"异化"了。我记得那个时间段里头正好有一位上海的记者采访我，她让我谈谈"写完后的感受"，我是这样告诉她的："我和《平原》一直手拉着手。我们来到了海边，她上船了，我却留在了岸上。"

老实说，我从来不觉得自己在文学上拥有超出常人的才能。我最大的才华就是耐心。我的心是静的。当我的心静到一定的程度，一些事情必然就发生了。

事情发生了之后，我的心依然是静的。那里头有我的骄傲。

（本文系作者为人民文学出版社《平原》单行本所作序言，后发表于《南方文坛》2012年4期）

我和我的小说

我的父亲是一位退休的教师，我的母亲也是一位退休的教师。我的大姐做过教师，我的二姐也做过教师。我的太太至今还是一位教师。我的生活其实是被教师包围着的。我呢，一九八七年，我师范学院毕业了，自然而然地也成了一名教师。孟子说："人之大患在好为人师"，可我却喜欢我的"大患"，我想我是喜欢为人师的。

在做教师的同时我有我的业余爱好，那就是写小说。我做教师的那会儿每个星期只有八节课，时间很富裕，尤其是晚上。我把这些很富裕的时间都用在了写小说上。我在年轻的时候失眠很厉害，一到晚上精力就无限充沛，像一只时刻预备着引吭高歌的小公鸡。我想说的是，写小说帮助我省去了许多安眠药，写完了，我就踏实了，然后呢，当然是"洗洗睡"。

我的处女作就是在我做教师的时候发表的，那是一九九一年。这已经是我做教师的第五个年头了。我一直在艰苦地写作，比一个奥运的周期还要长。为了表示对我的支持，教务处的朋友一再妥协，把我的课安排在上午三、四节，后来又安排在下午。我感谢他们。

我的教师生涯延续了五年。这五年是快乐的。为了纪念这快乐的五年，我决定夸自己一次：我是敬业的。我并没有为了所谓的小说而耽搁我的学生，我尽到了一个教师的责任。同时我还要说，我感谢我的职业，我学会了用简单的语言去说复杂的事情。

一九九二年，我来到了《南京日报》。我总共在《南京日报》待了六年,这六年不容易。《南京日报》离我的家很远,骑自行车需要八十分钟。来《南京日报》不到一个月我就后悔了,但是,没有回头路。做媒体的那六年是我的情绪非常低落的六年,因为情绪低落,我格外地想写,几乎有些病态了。回过头来看,我在那个时候接近疯狂的写作完全是为了逃避,我几乎就生活在一篇又一篇的小说里,像一个"赶场子"的艺人。我很难把自己融入《南京日报》那个伟大的集体。这个不怪别人,要怪只能怪我自己,我写不了新闻。我能把假的东西写得像真的,但我也能把真的东西写得像假的。我最痛恨的三个字就是"本报讯"。写下"本报讯"这三个字我就会处在弱智的状态,全世界都缺氧。在本质上,我是个虚构的人,我喜欢虚构,我喜欢虚构给我带来的满足。天马行空。南朝四百八十寺,多少楼台烟雨中。

一九九八年我开始了我的第三份职业,做起了《雨花》文学杂志的编辑。这一年我三十四岁。截止到三十四岁为止,我已经写下了一些可以拿得出手的作品了,有些作品我在今天也未必写得出来,比方说,《叙事》《雨天的棉花糖》《哺乳期的女人》《上海往事》《楚水》等。在这个阶段我还得了不少文学奖,包括第一次获得"鲁迅文学奖"。——这份成绩单是说得过去的。但是,我这样说不是为了肯定我自己,相反,是反思我自己。如果我对自己严格一点,我想说,我的文学生涯到了这个时候真的开始了。

这个开始是从哪一天算起呢?也没有一个具体的日子。我只是知道,我认识"他"了。我在"我"身上纠结的时间太长了。在这里我必须要说:这个"我"是珍贵的,在漫长的中国当代文学里头,"我"一直是缺失的,我们只有"我们",没有"我"。在现代主义小说进入中国之后,"我"成了中国当代文学的关键词,在此之前,"我"是一个令人羞耻的东西,浑身沾满了不洁、自私的气味。

我是在寻找"我"并扩张"我"的文学思潮中开始我的小说创作的,我为它奉献了我全部的青春。我的努力、焦虑和虚荣全在"我"里头。有趣的是,在探求"我"和这个世界的关系的过程中,最终发现的恰恰不是"我",而是"他"。

这个发现让我开阔了许多,我的焦虑感消失了。这是一种神奇的感受。我想我放松了。写作于我不再是一个自私的行为。更加不可思议的是,我在学会放松的过程中领略了节制。对待"他",你必须节制。这节制意味着你不可以由着你自己,你必须让"他"在你的作品中获得更多的机会。这机会来自"我"的想象力、理解力和弹性。我相信我的内心经历了一场革命。

"他"是谁?我想这并不重要。我需要全力保证的是,在我的世界里,"他"是自由的,我没有任何理由阻挡、偏离"他"的行为与思想,"他"的能量与生长激素是最为尊贵的。

这样一说写小说其实就是这样的一件事,你引导着你自己成了一个人道主义者。这是文学的最高要求,也是文学的基本底线。

(发表于《钟山风雨》2012 年 3 期)

地域文化的价值倾向

一九八二年,也可能是一九八三年,我第一次读到了惠特曼,他的《草叶集》里有这样的一句诗:"如果身体不是灵魂,那么灵魂又是什么?"

好吧,那我就从身体开始谈起。

从我懂事的那一天起,我就是伴随着"大概念"一起成长起来的,那些大概念包括"革命""人民""祖国""阶级""潮流""世界",大概念盛行起来了,小概念的处境必然会艰难。我的羞耻感就是在小概念处境艰难的时候建立起来的。我的羞耻感大部分和人的身体有关,尤其是女性的身体。在相当长的时间里,"乳房""臀部",甚至"脖子""大腿"和"腰"都是不洁的,为了做一个好孩子,为了避免成为一个"小流氓",我和我的小伙伴们在小学、初中和高中阶段没有和同班的女同学说过一句话。我们这样做是有依据的,正如大家所知道的那样,我们的样板戏里很多英雄都没有配偶,女英雄没有丈夫,男英雄没有妻子。

六百多年前,在我的老家兴化诞生了一部伟大的小说,这部小说叫《水浒传》。它描绘了一百零八个男人反抗压迫、争取自由的故事。一百零八个男人,每个人都有不同的遭遇,每个人都有不同的性格。但是有一点是一样的,这一百零八个男人都仇视并抵制女性的身体。这说明了什么呢?这说明了我们在一千年前就有了英雄的定义和要求:所谓英雄,除了充沛的体能,你不能亲近女人,你必须在女性面前表现出不屈不挠的克制力。

在今天，许多学者都已经取得了共识，——我们的地域文化骨子里是一种"耻感文化"，这是和"快感文化"相对应的一个概念。耻感文化首先落实在我们对身体的感知和认识上，我们的身体是羞于见人的，我们的身体是难以启齿的。

但是，如果你考察一下当今的中国，你会高兴地发现，在我们的城市，到处都是健身房，到处都是美容中心和减肥中心，我们的年轻人正以一种自我欣赏的心态去选择自己的服装，他们沉迷于身体的线条与肌肤，他们的身体成了他们极为重要的审美对象。哲学上有一个很重要的概念，叫"自我观照"，用审美的心去看待自己，势必和用反省的心去看待自己一样重要。

我没有做过专门的调查，但是，如果我们企图选择这个时代的一些关键词，大概念依然是有的，这是不可或缺的，比如说，国家利益、GDP、宏观调控、环境保护、反恐，但是我要说，越来越多的小概念在我们的生活中散发出它们的魅力，这些小概念有一部分正是来自我们的身体，头发、指甲、刺青、三围和SPA。

现在的问题是，为什么我的演讲要从身体开始，再涉及一些大概念和小概念，我真正想说的还是文化问题。地域文化有它的稳固性，同时，也有它的可变性。这种可变性往往来自不同文化的交流、渗透和彼此的化学反应。

三年前，我有幸读到过一本书，书的作者是乔治·维力雪罗，书的名字叫《洗浴的历史》。这是一本关于洗浴的书，一部关于身体的书，一部关于地域文化的书，一本关于文明的书。我吃惊地发现，就在两百年前，法国人有一种顽固的认识，他们认为水是一种有害的东西，它能将病菌带入身体的内部。骄傲的法国人选择了不洗澡。在不得不洗的情况下，法国人必须先穿好衬衣、长裤和袜子，然后，再泡到浴缸里去。这是一种充满了喜剧色彩的文化形态，在这种文化形态里，法国人的鼻子最终没有能够忍受自己身体的气味，香水就这样诞生了。现如今，当我们在法国做客的时候，我们不仅可以洗上热水澡，我们还能在餐厅、咖啡馆、电影院享受到多种不同的香水混合而成的气味，我要说，这气味是美好的，充满了生活的正面消息。

我相信法国人由穿着衬衣洗澡到光着身体洗澡一定会经历一个不愉快的过程。第一，法国人必须在科学这个层面上突破对水的认识；第二，在与其他文化的交流之后，法国人如何重新选择洗浴的方式。改变自己总是困难的，在文化上做出妥协和退让总是困难的。然而，这个世界从来就不存在不妥协、不退让的文化交流。文化交流的魅力就在于彼此渗透、相互影响，最终能够保持独立。

关于地域文化，伟大的鲁迅先生说过一句话："越是民族的就越是世界的。"这句话所有的中国人都知道。我承认，这句话有它的道理。但是，人类文化交流的历史告诉我，事实并不是这样。法国人穿着衬衣洗澡，全世界的人却是光着身体洗澡的，中国女人曾热衷于小脚，然而，小脚最终被天足替代了。我想说的是，越是民族的就越是世界的，这句话只看到了地域文化和世界文化的空间关系，它忽略了地域文化背后最为要紧的一个元素，那就是文化的价值。任何一种地域文化，只有有益于人类、有益于人类的发展与交流，这种文化才有生命力，才能成为人类文化的一个有机成分；相反，如果这种文化违背了基本科学常识、违背了人类文明的共同诉求、伤害了生命，无论这种文化具有多么华美的外表，多么具有煽动性和蛊惑力，它最终都会消失。我想说，任何一种文化都不该享有尊严，任何一种文化都不具备神圣不可侵犯的权利，只有文化内部价值才能使文化获得尊严。

鲁迅先生还说过一句话,他说:"文学是叫人生的,不是叫人死的。"我非常喜爱这句话。我想把鲁迅先生的话改装一下,我想说:"文化是叫人生的,不是叫人死的。"

我还想回到身体这个话题上来。关于身体,我想我们所有人都承认,它绝对不只是一个简单的生物组合,不只是蛋白质和维生素。身体的内部蕴含着人类文化的全部内容,它是政治,它是经济,它是教育,它是科技,它甚至还是军事,——人类的军事行为都是以保存自己的身体、消灭对方的身体为前提的。我想强调的是,一切有益于身体的文化都是有价值的,无论它来自哪里。

中国人越来越珍惜自己、珍惜身体、珍惜生命,这样的共识已经成为我们民族文化的一个部分了。换句话说,文化交流改变了中国和中国人,文化交流让我们变得更好,更自信,更属于这个世界。我相信,从文化交流中获得好处的不只是中国人,而是这个世界上的每一个人。文化交流会让所有的身体更健康、更愉快、更美。

(本文据作者2012年9月参加第三届中美文化论坛时的演讲整理)

中篇小说的"合法性"

在中国的当代文学里,"中篇小说"的合法性毋庸置疑。依照长、中、短这样一个长度顺序,中篇小说就是介于长篇小说和短篇小说之间的一个小说体类。依照"不成文的规定",十万字以上的小说叫长篇小说,三万字以内的小说叫短篇小说,在这样一个"不成文"的逻辑体系内,三万字至十万字的小说当然是中篇小说。

然而,一旦跳出中国的当代文学,"中篇小说"的身份却是可疑的。中国现代文学史的常识告诉我们,尽管《阿Q正传》差不多可以看作中篇小说的发轫和模板,可是,《阿Q正传》在《晨报副刊》连载的时候,中国的现代文学尚未出现"中篇小说"这个概念。

如果我们愿意,跳出汉语的世界,"中篇小说"的身份就越发可疑了。在西语里,我们很难找到与"中篇小说"相对应的概念,英语里的 long story 勉强算一个,可是,顾名思义 long story 的着眼点依然是短篇,所谓的中篇小说,只不过比短篇小说长一些,是加长版的或加强版的短篇。

那一次在柏林,我专门请教过一位德国的文学教师,他说:说起小说,拉丁语里的 Novus 这个单词无法回避,它的意思是"新鲜"的,"从未出现过"的事件、人物和事态发展,基于此,Novus 当然具备了"叙事"的性质。意大利语中的 Novelala、德语里的 Novelle 和英语单词 Novel 都是从 Novus 那里挪移过来的。——

如果我们粗暴一点，我们完全可以把那些单词统统翻译成"讲故事"。

德国教师的这番话让我恍然大悟：传统是重要的，在西方的文学传统面前，"中篇小说"这个概念的确可以省略。姚明两米二六，是个男人；我一米七四，也是男人，绝不是"中篇男人"。

现在的问题是，中国的小说家需要对西方的文学传统负责任么？不需要。这个回答既可以理直气壮，也可以心平气和。

我第一次接触"中篇小说"这个概念是在遥远的"伤痕文学"时期。"伤痕文学"，我们也可以叫作"叫屈文学"或"诉苦文学"，它是激愤的。它急于表达。因为有"伤痕"，有故事，这样的表达就一定比"呐喊"需要更多的时间和更大的篇幅。但是，它又容不得十年磨一剑。十年磨一剑，那实在太憋屈了。还有什么比"中篇小说"更适合"叫屈"与"诉苦"呢？没有了。

我们的"中篇小说"正是在"伤痕文学"中发育并茁壮起来的，是"伤痕文学"完善了"中篇小说"的实践美学和批判美学，在今天，无论我们如何评判"伤痕文学"，它对"中篇小说"这个小说体类的贡献都不容抹杀。直白地说，"伤痕文学"让"中篇小说"成熟了，这就是为什么我们可以从寻根文学、先锋文学、新写实文学到晚生代文学那里读到中篇佳作的逻辑依据。中国的当代文学能达到现有的水准，中篇小说功不可没。事实永远胜于雄辩，新时期得到认可的中国作家们，除了极少数，差不多每个人都有拿得出手的好中篇。

这样的文学场景放在其他国家真的不多见。——中国的文学月刊太多，大型的双月刊也多，它们需要。没有一个国家的中篇小说比中国新时期的中篇小说更繁荣、成气候，这句话我敢说。嗨，谁不敢说呢。

　　说中篇小说构成了中国当代小说的一个特色，这句话也不为过。

　　当然，我绝不会说西方的中篇小说不行，这样大胆的话我可不敢说。虽然没有明确的"中篇"概念，他们的"长短篇"或"短长篇"却是佳作迭出的。我至今记得一九八三年的秋天《老人与海》让我领略了别样的"小说"，它的节奏与语气和长篇不一样，和短篇也不一样。——铺张，却见好就收。

　　所以说，"合法性"无非就是这样一个东西：它始于"非法"，因为行为人有足够的创造性和尊严感，历史和传统只能让步，自然而然地，它"合法"了。

（发表于《书城》2013年9期）

歌唱生涯

是哪根筋搭错了呢？一九九〇年，我突然迷上唱歌了。

一九九〇总是特殊的，迷惘突然而至，而我对我的写作似乎也失去了信心。可我才二十六岁，太年轻了，总得做点什么。就在那样的迷惘里，我所供职的学校突然搞了一次文艺汇演，汇演行将结束的时候，我的同事，女高音王学敏老师，她上台了。她演唱的是《美丽的西班牙女郎》。她一开腔就把我吓坏了，这哪里还是我熟悉的那个王学敏呢？礼堂因为她的嗓音无缘无故地恢宏了，她无孔不入，到处都是她。作为一个没有见过世面的乡下人，我得承认，这是第一次在现场听到所谓的"美声"，我不相信人类可以有这样的嗓音，想都不敢想。

我想我已经蠢蠢欲动了。大约过了一个星期，我悄悄来到了南京艺术学院，我想再考一次大学，专业就是声乐。我想让我的青春重来一遍。说明情况之后，南艺的老师告诉我，你这样的情况不能再考了。我不死心，又来到了南京师范大学的音乐系，得到的回答几乎一样。我至今都能记得那个阴冷的下午，我站在南京师范大学东门的草坪上，音乐系的琴房离我并不遥远，不时飘过来一两句歌声。那些歌声像飞镖一样，嗖嗖地，全部落在了我的身上。我一边流血一边游荡，我喑哑的一生就这样完蛋了。

可我并没有死心。终于有那么一天，我推开了王学敏老师的琴房。王学敏老师很吃惊，她没有料到一个教中文的青年教师会出现在她的琴房里，客气得不得了，还"请坐"。我没有坐，也没有绕弯子，直接说出了我的心思，我想做她的学生。

我至今还记得王学敏老师的表情，那可是一九九〇年，学唱歌毫无"用处"，几乎吃不上饭。要知道，"电视选秀"还要等到十五年之后呢。她问我"为什么"，老实说，我答不上来。

如果一定要问为什么，我只能说，在二十岁之前，许多人都会经历四个梦：一是绘画的梦，你想画；一是歌唱的梦，你想唱；一是文学的梦，你想写；另一个则是哲学的梦，你要想。这些梦会出现在不同的年龄段里，每一个段落都很折磨人。我在童年时代特别梦想画画，因为实在没有条件，这个梦只能自生自灭；到了少年时代，我又渴望起音乐来了，可一个乡下孩子能向谁学呢？又到哪里学呢？做一个乡下的孩子没有什么可抱怨的，然而，如果你有过亢奋的学习欲望，你的求知欲只能是盛夏里的狗舌头——伸出你的舌苔，空空荡荡。

谢天谢地，王学敏老师还是收下我了。她打开她的钢琴，用她的指尖戳了戳中央C，是1，让我唱。说出来真是丢人，我不知道这意味着什么，更别说怎么唱了。王老师对我失望至极，她的眼神和表情都很伤我的自尊。古人说"不耻下问"，是这样的。

声乐最重要的一件事是"打开"，所谓打开，你必须借助于你的腹式呼吸，——只有这样你的气息才有力量。王老师告诉我，婴儿在号哭的时候用的就是腹式呼吸，狗在狂吠的时候也是这样。但人类文明的进程就是一个节省体力的过程，因为"说话"，人类的发音机制慢慢地改变了，胸腔呼吸慢慢畅通了，腹式呼吸却一点一点闭合了。这是对的，想想看，两个外交官一见面，彼此像狗一样号叫，那成什么样子？高级的对话必须轻声细语的，"见到你很高兴。""见到你我也很高兴。"这才像样。——"汪！"——"汪汪!"什么也谈不成的。唉,这就是"做人"的代价,像甘蔗,长得越高越没滋味。

可我已经用胸腔呼吸了二十六年了,要改变一个延续了二十六年的生理习惯,这实在不是一件容易的事。王老师不厌其烦,一天又一天,一个星期又一个星期,她一遍又一遍地给我示范,我就是做不到。王老师也有按捺不住的时候,发脾气,她会像训斥学生那样拉下脸来。我自己也知道的,我早就过了学声乐的年纪了,是我自己要学的,人家也没有逼我,除了厚着脸皮,我又能有什么办法?

每天起床之后,依照老师的要求,我都要做一道功课,把脖子仰起来,唱"泡泡音"。——这是放松喉头的有效方法。除了唱"泡泡音",放松喉头最有效的方法是什么呢?睡眠。可是,因为写作,我每天都在熬夜。王老师不允许我熬夜,我大大咧咧地说:"没有哇。"王学敏把她的两只巴掌丢在琴键上,"咚"地就是一下。王老师厉声说:"再熬夜你就别学!"后来我知道了,谎言毫无意义,一开口老师就知道了,我的气息在那儿呢。我说,我会尽可能调整好。——我能放弃我的写作么?不能。这件事让我苦不堪言。

如果有人问我,你所做过的最为枯燥的一件事情是什么,我的回答无疑是练声。"练声",听上去多么优雅,可文艺了,可有"范儿"了,还浪漫呢。可说白了,它就是一简单的体力活。就两件事:咪,嘛。你总共只有两个楼梯,沿着"咪"爬上去、爬下来,再沿着"嘛"爬上去、爬下来。咪、咪、咪,嘛、嘛、嘛;咪——,嘛——;咪——嘛——。还挨骂。我这是干什么呢?我这是发什么癔症呢?回想起来,我只能说,单纯的爱就是这样,投入,忘我,没有半点功利,就是发癔症。

王学敏老师煞费苦心了。她告诉我,"气"不能与喉管摩擦,必须自然而然地从喉管里"流淌"出来。她打开了热水瓶的塞子,她让我盯着瓶口的热气,看,天天盯着看。为了演示"把横膈膜拉上去",她找来了一只碗,放在水里,再把碗倒过来,让我往上"拉",这里头有一种等量的、矛盾的力量,往上"拉"的力量越大,往下"拽"的力量就越大。是的,艺术就是这样,向上取决于向下。上扬的力量有多大,下沉的力量就有多大。老实说,就单纯的理解而言,这些都好懂。我能懂。我甚至想说,有关艺术的一切问题都不复杂,都"好懂"——这就构成了艺术内部最大的隐秘:在"知识"和"实践"之间,在"知道"和"做到"之间,有一个神秘的距离。有时候,它是零距离的;有时候呢,它足以放得进一个太平洋。

小半年就这样过去了,我还是没有能够"打开"。我该死的声音怎么就打不开呢?用王老师的话说,我的声音"站不起来"。突然有那么一天,在一个刹那里头,我想我有些走神了,我的喉头正处在什么位置上呢?王老师突然大喊了一声:"对了对了,对了对了!"我吓了一跳,怎么就"对了"的呢?再试,又"不对"了。

按照王老师的说法,有一件事情是毫无疑义的,二十六年前,当我第一次号哭的时候,我的声音原本是"打开"的,而现在,我在琴房里,一遍又一遍地,我所寻找的无非是我身体内部的那一条"狗"。我们身体的内部还有什么?谁能告诉我?

哪有不急躁的初学者呢。初学者都有一个不好的心态,不会走就想跑。我给王老师提出了一个要求,想向她学唱"曲子"。王老师一口回绝了。根据我的特殊情况,王老师说:"先打两年的基础再说。"这句话让我很绝望，我是学唱歌来的，一天到晚"咪咪咪嘛嘛嘛"，那要等到什么时候？夜深人静的时候，我一个人来到了足球场。它是幽静的，漆黑、空旷，在等着我。我知道的，虽然空无一人，但它已然成了我的现场。我不夸张，就在这样一个漆黑而又空旷的舞台上，每个星期我至少要开三个演唱会。学生宿舍和教工宿舍离足球场不远，我想我的歌声是可以传过去的，因为他们的声音也可以传过来。传过来的声音是这样的——

"他妈的，别唱了！"

别唱？这怎么可能。唱过歌的人都知道一件事，唱得兴头头的，你让他不唱他就不唱了？开玩笑。告诉你，一个人一旦唱"开"了，那就算打了鸡血了，那就算铆足了发条了。刀架在脖子上都不眨眼的。士可辱，不可不唱。

可我毕竟又不是唱歌，那是断断续续的，每一个句子都要分成好几个段落，还重复，一重复就是几遍、十几遍。练习的人自己不觉得，听的人有多痛苦，不要想也知道的。不远处的宿舍一定被我折磨惨了——谁能受得了一个疯子深夜的骚扰呢？可有一个秘密他们一定不知道，那个疯子就是我。

事实上，我错了。这不是秘密。每个人都知道。老师们知道，同学们也知道。我问他们，你们是怎么知道的？一个来自湖北的女生告诉我，这有什么，大白天走路的时候你也会突然撂出一嗓子，谁不知道？就你自己不知道。

——"很吓人的毕老师。"

——"我们都叫你'百灵鸟'呢。"

我不怎么高兴。我这么一个成天板着面孔的人，怎么就成"百灵鸟"了呢？一天夜里我终于知道了。王学敏老师有一个保留节目,《我爱你,中国》,第一句就是难度很大的高音——"百灵鸟从蓝天飞过"。我也想学着唱。夜深人静,当我一遍又一遍地重复"百灵鸟"的时候,嗨,我可不就是一只百灵鸟么。

写到这里我其实有点不好意思,回过头来看,我真的有些疯魔。我一个当老师的,大白天和同学们一起走路,好好的,突然就来了一嗓子,无论如何这也不是一个恰当的行为。可我当时是不自觉的,说情不自禁也不为过。难怪不少学生很害怕我呢,除了课堂和操场,你根本不知道那个老师的下一个举动是什么,做学生的怎么能不害怕呢。我要是学生我也怕。

一年半之后,也就是一九九二年的十月,我离开了南京特殊师范学校,到《南京日报》去了。我的生活彻底改变了,我的歌唱生涯到此结束。我提了一点水果,去琴房看望我的王老师。王老师有些失望。她自己也知道,她不可能把我培养成毕学敏的,但是,王老师说:"可惜了,都有些样子了。"

前些日子,一个学生给我打来电话,我正在看一档选秀节目,附带着就说起了我年轻时候的事。学生问:"如果你是这个时代的年轻人,你会不会去?"我说我会。学生很吃惊了,想不到他的"毕老师"也会这样"无聊"。这怎么就无聊了呢?这一点也不无聊。事情往往就是这样,不经历"难以自拔"的人永远也不能理解,有些人来到这个世界就是为了发出声音的。我喜爱那些参加选秀的年轻人,他们的偏执让我相信,生活有理由继续。我从不怀疑一部分人的功利心,可我更没有怀疑过发自内心的热爱。年轻的生命自有他动人的情态,沉溺,旁若无人,一点也不绝望,却更像在绝望里孤独地挣扎。

二十三年过去了,我再也没去王老师的琴房上过一堂声乐课。

说到这里我必须老老实实地承认,我其实并没有学过声乐,充其量也就练过一年多的"咪"和"嘛"。因为长期熬夜,更因为无度吸烟,我的嗓子再也不能打开了。拳离了手,曲离了口,我不再是一条狗了,我又"成人"了。我的生命就此失去了一个异己的、亲切的局面。——那是我生命之树上曾经有过的枝丫,挺茂密的。王老师,是我亲手把它锯了,那里至今都还有一个碗大的疤。

(发表于《文汇报》2013年9月4日,
原题:演唱生涯)

飞越密西西比

二〇〇六年的八月,就在我来到爱荷华的第二天,在一个酒会上,我认识了本·瑞德。这个年轻的美国人出生在加州,念小学的地方却是北京。在一大堆说英语的人中间,突然冒出来一个"京片子",我的喜悦是可想而知的。本·瑞德是个纯爷们,说话直截了当,他说他来参加这个酒会只有一个目的,问问我这个"爱运动"的人"想不想开飞机"。我刚刚来到美国,人生地不熟,好不容易逮着一个会说北京话的美国人,我怎么能放过呢。我想都没想,说:"当然。"老实说,我并没有把这句话当真,我是中国人,拿什么话都当真,我还活不活了?

第三天还是第四天?是上午,本·瑞德来电话了,问我下午有没有时间。我说有。他说:"那我们开飞机去吧。"我没有想到事情来得这样快,心里头还在犹豫,嘴上却应承下来了。还没有来得及摩拳擦掌呢,聂华苓老师的电话却来了。我兴高采烈,告诉她,我马上就要开飞机去了。聂华苓老师的反应大大出乎我的意料,她不允许。她的理由很简单,我是她请来的,"万一出了事怎么办?"她的口气极为严厉,似乎都急了。我为难了。飞还是不飞?这还成了一个问题了。

我的处境很糟糕,无论我做怎样的决定,我都得撒一个谎,不在这一头就在那一头。可我得决定。我的决定很符合中国文化:在兄弟和母亲之间,一个中国男人会选择对谁撒谎呢?当然是母亲。先得罪母亲,然后再道歉。

——我哪里能想到呢，小小的，只有六万人口的爱荷华，居然有四个飞机场。这些机场既不是军用的也不是民用的，它们统统类属于飞行俱乐部。事实上，许许多多的美国成年人都是飞行员。我对本·瑞德说："你们美国人就是喜欢冒险哪。"本·瑞德却不同意。他说："我们其实不冒险，我们很相信训练。"

我终于来到飞机的面前了，严格地说，这只是一架教练机，总共只有两个座，一个主驾，一个副驾。很窄，长度也只有四米的样子。飞机的最前端还有一个四叶（也可能是三叶）螺旋桨。

当然，我坐在副驾上。机场上空无一人，我们的周围更是空无一人。就在发动之前，本·瑞德大喊了一声："前面有人吗？"无人回应。本·瑞德又喊了一声："后面有人吗？"还是无人回应。——本·瑞德的这个举动无厘头了，明明没人，你喊什么喊呢？可本·瑞德告诉我："必须大声问，规则就是这样。"我想了很长时间才把这个无厘头的问题想明白："看"是一种纯主观的行为，它与外部并不构成对话关系。所谓"规则"，它是针对所有人的，不可以有身份上的死角，不可以"依据"个人的"感受"。飞机终于升空了，为了奖励我这个远方的客人，本·瑞德首先做了一个游戏，他把爱荷华的四个飞机场统统给我"蹚"了一遍。下降，滑行，再起飞。我很喜欢这个游戏，每路过一个机场，我们都像在汽车里头，远远地望着一排简易的建筑物，然后，汽车一蹦，上天了。

我给本·瑞德提了一个要求，我想去看看聂华苓老师家的屋顶，她老人家都不一定看过。我知道的，聂老师的家坐落在爱荷华河边的一个小山坡上，我们很快就找到了。飞机在聂华苓老师的屋顶上盘桓了好几圈。因为盘旋，飞机只能是斜着的，错觉就这样产生了,整个爱荷华全都倾斜过去了,房屋和树木都是斜的。很玄,是古怪无比的天上人间。——因为错觉,世界处在悬崖的斜坡上了,一部分在巅峰,一部分在深谷,安安静静的。只过了一分钟,世界又颠倒了,巅峰落到了谷底,而谷底却来到了巅峰。就像特朗斯特罗姆所说的那样:"美丽的陡坡大多沉默无语。"是的,沉默无语,世界就这么悬挂起来了,既玄妙,又癫狂,这可是怎么说的呢?——说到底,眼睛从来就不真实,我们的"视觉"从头到尾都只是一个习惯,习惯,如斯而已。因为飞机小,飞行的半径也小,没几分钟,我就晕机了。我说:"咱们还是走吧。"

　　本·瑞德把飞机拉上去了。借助于攀升,飞机附带着飞出了爱荷华市区。现在,我可以好好地俯视一下美国的大地了。在哪一本书呢?反正是关于哥伦布的,我曾经读到过这样的句子——他来到了一块郁郁葱葱的大陆。"郁郁葱葱的大陆",多么迷人的描述,就这么简单,如诗如画,如梦如幻。在经历过惊涛、狂风、阴谋、反叛、饥饿、疾病、死亡和绝望之后,一本书再也找不到比这更好的结尾了:他来到了一块郁郁葱葱的大陆。

　　我要感谢小飞机的飞行高度,三千六百米。相对于我们的视觉而言,三千六百米实在是一个恰到好处的数据。一九一二年,瑞士心理学家爱德华·布洛发表了他的重要文献:《作为艺术因素与审美原则的"心理距离"说》,从那个时候起,"美是距离"就成了一个近乎真理的"假说"。是的,审美是需要距离的,讲故事的人就最懂这个:好的故事要么在"从前",要么在"多年之后","昨天"与"今天"的事,只适合"本报讯"和"本台消息"。可我并不那么佩服瑞士的心理学家,他的发现一点也不新鲜。我们的苏东坡在一千年前就这么说了:不识庐山真面目,只缘身在此山中。

我不知道"作为审美距离"的"心理距离"应当如何去量化，但是，转换到物理空间里头，作为一种俯视，三千六百米实在妙不可言了。大地既是清晰的、具体的、可以辨认的，又是浩瀚的、莽苍的、郁郁葱葱的。是的，郁郁葱葱。我知道的，这个郁郁葱葱可不是哥伦布的郁郁葱葱，它是自然，更是人文。准确地说，是康德所说的"人的意志"，是大地之子对大地郁郁葱葱的珍惜和郁郁葱葱的爱。

我不会把一切都归结为"历史"，但是，"历史"的确又是无所不在的。大地是什么？它还能是什么？它是历史的肌肤。那句话是谁说的？我怎么就忘了呢："拥有辉煌历史的人民都是不幸的。"我就不说人民了，我只想说大地：历史越好看，大地就越难看。

飞机到达最高点之后，它平稳了。本·瑞德突然给了我一个建议：你来试试吧。我当即就谢绝了，飞机上不只有我，万一出了事，那可不是闹着玩的。当然了，毕竟是教练机，如果换成我来驾驶的话，委实很方便的，连位置都不用挪。——所有的仪表都在我们俩的正中央，我可以看得清清楚楚；至于操纵杆，那就更简单了，主驾室里一个，副驾室里一个。只要本·瑞德一撒手，我接过来，其实就可以了。

本·瑞德没有坚持，似乎突然想起了什么，他对我说："我们去密西西比河吧。"我问："需要多长时间？"本·瑞德说："大约一个小时。"那还等什么呢，去啊。

我们抵达密西西比上空的时候太阳已经偏西了。大地依然"郁郁葱葱"，可是，就在"郁郁葱葱"里头，大地突然亮了，是闪闪发光的那种亮。这"亮"把"郁郁葱葱"分成了两半。因为折射的关系，密西西比一片金黄。它蜿蜿蜒蜒的，慵懒而又霸蛮。

我的记忆深处当然有我的密西西比,那是马克·吐温留给我的——商船往来,热闹非凡,每一条商船的烟囱都冒着漆黑的浓烟。可是,我该用什么样的词语去描绘我所见到的密西西比呢?想过来想过去,只有一个词:蛮荒,史前一般蛮荒。

蛮荒,史前一般的蛮荒。许多粗大的树木栽倒在岸边,偶然出现的沙洲上,傲然挺立着一两棵孤独的大树,浩大的寂静匍匐在这里。温克尔曼说:"高贵的单纯,静穆的伟大。"那是评价古希腊艺术的。我想说的是,公元二〇〇六年,一个如此"现代"的社会,它的母亲河居然是洪荒的,这是何等壮阔、何等瑰丽的一件作品。造就它的,不仅仅是"历史",也还有"现代"。我震惊于密西西比的蛮荒,原始、神秘、单纯而又伟大。

我对本·瑞德说:"我们就沿着密西西比河飞行吧。"可是,本·瑞德把话题又绕回来了,他说:"你还是试试吧。"我依然不肯。本·瑞德说:"你还是试试吧,说不定你这辈子就这么一次机会了。"

我要承认,本·瑞德的这句话打动我了。我开始犹豫。我想是的,本·瑞德的话也许没错,这样的机会不是随便就有的。我得把握。我的手终于抓住操纵杆了。本·瑞德撒开手,关照我说:"一旦出现问题,你立即丢开,什么也不用管。"

我终于驾驶飞机飞行了,我的注意力全部集中起来了。集中起来干什么呢?重新分配。驾驶飞机从来就不是一个"单一"的行为,你得处处关照。你必须时刻关注飞行的高度、速度、航线,本·瑞德替我翻译过来的塔台指令,舷窗窗外的前后左右。当然,最重要的关注还在手上:飞机的操纵杆可不是汽车的方向盘。如果说,汽车的方向盘只管左和右的话,那么,飞机需要控制的还有上和下。还有一件事我需要强调一下，飞机是悬浮的，它实际的飞行动态和你手上的动作里头存在着一个时间差，在你做完了一个动作之后，它要"过一会儿"才能够体现出来。

我想我还是太紧张了，人一紧张他的注意力就很容易"抱死"，我太在意"推"和"拉"——也就是飞机的上和下了。是的，我害怕飞机处在突然攀升或突然俯冲的状态之中。上和下问题总算被我控制住了，可是，我再也顾不得左和右了。在我"左转"或"右转"的时候，我的动作都是临时的、补救的，过于迅猛，过于决绝了。这一来，飞机飞行的样子可想而知了。它摇摇晃晃，不停地摇摇晃晃。我又想吐了。飞行对健康的要求我想我是领教了。密西西比就在我的眼皮底下，可是，对一个一心"想吐"的人来说，他的眼睛里头哪里还能有"风景"呢。

任何事情都可以从两边说，这是"相对主义"具有超级生命力的一个重要缘由。因为拙劣的驾驶，我的飞行反而有趣了，一会儿在密西西比的左岸，一会儿在密西西比的右岸。可本·瑞德是镇定的。无论我的飞行怎么"玩心跳"，他都心安理得，笃笃定定地望着窗外。老实说，我真的很想把飞机开回到爱荷华去，可是，不能够了。一个哈欠都可以让我吐出来。

在后来的岁月里，我时常回忆起我的丑陋的驾驶。我知道了一件事，集中注意力固然是一件不容易的事，可是，把注意力集中起来之后再有效地分配出去，生命才得以舒展，蓬勃的大树才不至于长成一根可笑的旗杆。我们把话题往小处说，就说写小说吧，写小说的"第一行为"当然是打字，你必须把你的注意力集中在语言上，可是，这不够，远远不够。你的身边还有许许多多的"仪表"呢，你得关注它们，你必须在关注语言的同时时刻关注人物，人物与人物的关系，人物性格的发育、环境、人物和环境的关系，思想、思想的背景，情感、情感的背景，故事、结构、节奏、风格，甚至勇气。写作是一个大系统，在这个大系统里头，我们的注意力可不能"抱死"一点，一旦"抱死"，你只能"摇摇晃晃"，自己想吐，别人也想吐。平稳的飞行看上去最无趣了，但是，这样的"无趣"考验的正是我们的修炼。再别说狂风暴雨了，再别说电闪雷鸣了。

我真的驾驶过飞机么？老老实实地说，我没有。我"貌似"驾驶过一次飞机，那是因为我的身边始终坐着一个人，他离我最近。我始终感谢那个和我"最近"的人，他的镇定里有莫大的友善和信任，近乎慈悲了。善待这个世界，信任这个世界，许多不可思议的事情就这样变成了现实。

飞行回来的当天晚上，我来到了聂华苓老师的家，我把下午发生的事情都告诉了她。聂老师很生气，后果很严重！她张大了嘴巴，伸出了她的一根手指头，不停地点。聂老师的个子不高，肩膀也不好，胳膊抬不高的。我低下我的脑袋，一直送到她的跟前。聂老师的食指压着我的太阳穴，狠狠顶了出去。

（发表于《北京文学》2013 年 10 期）

画面与真实

还是先说篮球吧。很多年前，资深的 NBA 解说员张卫平在央视的转播间被问到了一个问题："你第一次在现场看 NBA 的感受是怎样的？"张卫平，曾经的国手，现今的央视解说员，一下子愣在了那里。张卫平最后说："想哭。"

2014 年是世界杯年，在这一年当中，足球回到了它的王国，足球再一次成了我们日常的话题。不过我很想表达一个容易被我们忽略的看法，——我们在球场上踢过的那个球和我们在电视里看到的那个玩意儿，它根本就不是同一个东西。

球场上的足球是什么？是水平面上的一项运动，22 个人都在同一个水平面上，因为防守和封堵等原因，持球人的视线是有死角的，有时候，你真的不知道球该往哪里传，你很难在紧张激烈的奔跑当中做出最佳的选择。当然，教练有教练的战术安排，通过大量的演练和重复训练，球员也能像背诵课文那样记住自己的战术走位，人就该那样跑，球就该这么传。

但电视不一样，它的机位不可能和球员处在同一个水平面上，它在看台，它在高处，甚至在十多米的高处。这一来有趣了，画面成了鸟瞰图，球场再也没有所谓的死角了，所有的一切都一览无余，并一目了然。然而，相对于球场上的球员而言，我得说，电视画面是一幅彻头彻尾的"假象"，没有一个球员对球场上的态势可以一览无余，并一目了然。在"假象"面前，"足球"是多么地简单，"看上去"太容易了。别忘了，这个"假象"还有它的导播呢，你想看什么，你想从哪个角度去看，画面一下子就切换过去了。导播关注的是传播，他顺应的恰恰是我们这些观众的感受。久而久之，我们这些看球的人形成了一种有关足球的认知，其实，这认知已经脱离了足球，它体现的只是"转播的思维"。必须承认，"转播的思维"比"足球的思维"要清晰得多、明确得多、广阔得多、细微得多。然而，它也有遗漏，这个遗漏就是球员在球场上的具体感知，尤其是位置感——这才是足球最为本质的那个部分。转播带来了一个有趣的现象，看球的人永远比球员聪明：你他妈的怎么能这么踢呢？猪！我们只是忘了，我们的眼睛在高空，而球员的身体在场上，他们的眼睛在场上，他们的判断也在场上。高高在上的眼睛永远是聪明的，无所不知，像上帝。

相对于地面上的足球，画面是不真实的。你要想知道足球并不像你"看到"的那么容易，最有效的办法是"下来"，走两步。

是机位的"高度"决定了画面的角度，我想说，角度是至关重要的东西，角度变了，这个世界也就变了。事实上，在我们看世界杯的时候，所谓的角度往往是别人的，恰恰不来自我们自己。知道这一点并不容易，如斯，后遗症是普遍的：眼高、手低、脚低、心智低。对了，最后是嘴硬。

科学与技术在帮助我们真的"看到"这个世界，可我们必须承认，科学与技术有时候也会合谋，它们共同为我们提供一种幻影、一种谎言。因为合谋者是科学与技术，我们自然而然就选择了笑纳。说到底，科学与技术并没有撒谎，是我们的不智、狂妄、盲信和盲从让科学与技术成了撒谎者。

我还是想说电视和画面。人类的视觉实在是一种神奇的感知，它远比我们所知道的"能看"要复杂许多。比方说，视觉在体积上的还原能力就近乎魔幻。就说我的身高吧，是一米七四，上了电视呢？上了报纸呢？在影像画面上，我的身高也许只剩下十个厘米。可这个世界上没有一个人会认为我的身高只有十厘米。人类的视觉就是这样妙不可言，它自然而然地会就把视觉上的误差"修复"到物理世界最真实的那个状态。

仅仅在这个意义上，我也依然要说，画面是真实的，画面也是不真实的。

2012年，在美国的达拉斯，我见到了张卫平先生，因为刚刚从达拉斯的"美航球场"出来，我没有问他为什么在第一次现场观看NBA的时候会"想哭"，我想我已经知道他的感受了。就在"美航球馆"的门口，有一块竖立的、巨大的白布，上面有乔丹、科比、勒布朗等天才球员摸高的高度。红色的是乔丹。金色的是科比。黑色的是勒布朗。那是他们母队的颜色。我站在白布的下面，举起手来，——让我来告诉你我的真实感受吧，我不相信。我不相信人类的血肉之躯仅靠弹跳就可以抵达那样的高空。然而，就在当天晚上，在同一个时空里，我亲眼目睹了勒布朗的飞身暴扣。那是怎样的弹跳速度！那是怎样的弹跳高度！那是怎样的弹跳距离！近乎恐怖。——人类的血肉之躯轻而易举地完成了它传奇的一跃。

这样的画面我陌生么？不，一点也不。我在电视里见多了。可是我依然要说，无论我们的视觉有多么出色的"修复"能力，电视的画面空间毕竟只有电视那么大，它永远也无法还原物理世界里的现实距离。勒布朗究竟有多快？勒布朗究竟能跳多高？勒布朗究竟能跳多远？画面是体现不出来的。只有在同一个空间里亲眼目睹之后，你的内心才能体会到近乎恐怖的震颤。我是被感动的。这感动超越了体育，它让我知道了一件事，在人类平凡而又日常的躯体内部，蕴含着惊天动地的能量。它足以让我们自豪，它足以让我们动容。真他妈的"想哭"。天赋是多么地蛊惑人心，艰苦的训练是多么地蛊惑人心。我坚信，因为天赋与训练，我们的血肉之躯是可能的。我们的精神也一样可能。可惜，这些本该属于我们的震颤，画面一律替我们省略了。

我突然就回忆起 2000 年来了。悉尼奥运会男子篮球的小组赛，美国梦四队对法国国家队。全世界的球迷至今一定还记得这个画面：身高一米九八的文斯·卡特在三分线外断球，然后，沿四十五度角内切。法国队的中锋，两米一八的弗雷德里克·韦斯，他堵住了卡特的线路，他想造卡特一个犯规。应当说，韦斯的选择是正确的。但是，噩梦即刻降临。卡特腾空而起，他的裆部贴着韦斯的头皮呼啸而过。这就是所谓的"世纪之扣"，惊悚一点的说法则是"死亡之扣"。我清晰地记得当时的电视画面，镜头当即就疯了，它在捕捉不可一世的卡特，还有几近癫狂的加内特。他们在庆祝，如痴如醉。

就在同一个空间、同一块场地，另一个人，弗雷德里克·韦斯，几乎消失了。其实他并没有消失，只是不在画面的内部。这个骄傲的法国人是在欧洲篮球的文化中成长起来的，欧洲篮球的文化和 NBA 有质的不同，它强调的是整体而不是个人，它钟情的是技术而不是身体。韦斯做梦也想不到，NBA 的球员会以这样一种方式打球，身高只有一米九八的家伙硬生生地用他的裤裆把两米一八的韦斯给吞了。蛇吞象，生吃。——欧洲的球员即使有这样的弹跳也绝对干不出这样的事来，它不在韦斯的篮球常识之内，甚至，不在他的生活常识之内。没有人会谴责卡特，这就是文化的差别。我估计韦斯把录像回放一百遍也不相信这是真的。事实很残酷，是真的。韦斯的自尊与自信受到了致命一击,在他遥远的鼻孔四周,弥漫的全是裤裆的气息,挥之不去。其实,故事仅仅开了一个头——决赛来临了,法国队和梦四队居然又遇上了。我想说,法国队的教练是仁慈的,他体谅韦斯,没有安排韦斯出场。韦斯静静地坐在替补席上,脸上挂着神秘的微笑,像遗忘了使命的外交官。他知道镜头会找到他的,所以他要笑。——他本该有一个多么美好的未来啊,早在一年前的 NBA 选秀大会上,纽约尼克斯已经选中他了,韦斯全新的人生就等着悉尼奥运会落幕。然而,卡特的裤裆从天而降,像安装了 GPS,直接击中了韦斯的天灵盖。一切都毁了。韦斯放弃了他的 NBA。对他来说,哪里还有什么 NBA?所谓的 NBA,只是裤裆里的 DNA。

回过头来看,就"世纪之扣"的两位当事人而言,真正的主角并不是卡特,对他来说,他只是完成了千百次扣篮当中的一个,如斯而已;但是,"世纪之扣"对韦斯的影响是如此地漫长、如此地巨大。他的运动生涯就此改变,他的一生就此改变。这是一件大事件,韦斯是大事的当事人。一切都发生在同一个空间里,然而,镜头偏偏把他给忽略了。我们有理由指责电视转播么?没有,绝对没有。在彼时,在彼刻,电视转播去捕捉卡特是天经地义的,镜头理当记录那些惊世骇俗的枭雄;镜头理当尾随胜利者,而不是倒霉蛋。这是竞技体育不二的逻辑。

画面是如此真实,但是,另一种真实,或者说,更令人关注的真实却不在真实的画面之内,它被遗漏了,像不存在。这一切就发生在我们的眼皮底下,一如韦斯失魂的背影,无影无踪。

(2015 年 1 月 12 日发表于作者博客)

《朗读者》，一本没有让我流泪的书

　　《朗读者》一直围绕着一个核心，那就是"识字"。可以这样说，就小说的外部结构而言，女主人公汉娜的不识字支撑并推动了整部小说。施林克到底是写侦探小说的高手，在推动作品的进程方面，他真的是一个行家。

　　现在，我要说的不只是这些。如果说，《朗读者》仅仅是故事推进得漂亮，它充其量也就是一部引人入胜的读物，永远也上升不到伟大小说的高度。事实上，围绕着"识字"和"不识字"，小说的另一个核心出现了，那就是尊严。我愿意把《朗读者》理解成一部关于尊严的书。伴随着尊严，我们看到了暴戾、残忍、无奈、软弱、忏悔与宽容。

　　小说其实是简单的。必须承认，在读第一章的时候，我以为我读到了一部德国版的《洛丽塔》。整整一章，充斥着狂乱和铺张的性，性的侵略与反侵略，性的渴望与更渴望。第一章是妖荡的，撩人的，一开头就不同凡响。一个十五岁的病中男孩在路上呕吐了，意外得到了一个中年妇女——女主人公汉娜——的照顾。我们来看看这个中年妇女是怎么照顾男孩的，她旋开龙头，"窝着两只手掌掬着清水，泼在我脸上算是给我洗脸"，这时候我们还不知道女主人公汉娜曾经是一个"不识字"的纳粹。她拙劣和粗暴的关怀说明了一点，即使表达的是最为天然的母性，她的举动也伴随着党（纳粹）性。我要说的是，我喜欢施林克在第一章中的性描写，施林克的性描写具有罕见的宽度，这个宽度成就了汉娜的复杂性。汉娜是情人，是恶煞，是蛋白质女人，是刹那的天使，是灵光一现的母亲，是患有洁癖的行为艺术家，是床上的饕餮，是导师，是幼稚的求知者。是的，她最终还是枕头边上的纳粹。她的身上洋溢着矛盾百出的复杂气质，也就是小说中她身上复杂的"气味"。这气味让十五岁的小男人不能自拔，萦绕了他的终生。——汉娜的复杂性其实也正是人性的可能性。

　　正如我读第一章的时候以为《朗读者》是德国版的《洛丽塔》一样，到了第二章，我把《朗读者》看成了德国版的《局外人》，至少，从表面上看是这样的。从第二章开始，小说不再妖荡，不再撩人，它滑过了你的眼角膜，揪住了你的心。严格地说，到了第二章，虽然小说依然围绕着汉娜，但小说的主人公已经不再是她，甚至也不是"我"，米夏·伯格，早已长大成人的病中男孩，是"我"的内心的艰难处境。我说过，《朗读者》的核心是"识字"，现在，核心的意义展现出来了，在审判纳粹的法庭上展现出来了。真正的问题不是汉娜识不识字，真正的考问在于，"我"有没有勇气在伤害自己的前提下对法庭说出真相。我为什么说读《朗读者》联想起《局外人》呢，是《朗读者》的"我"和《局外人》的"我"一样，最终选择了麻木，——虽然意义是完全不一样的。一个是"我"就是想麻木，一个是"我"只能麻木。但是，"只能麻木"是有前提的，那就是为麻木预备好借口，"我"的借口是为了汉娜的尊严。我以为，这部小说最为精彩的部分就在这里。它紧张、刺激，却又表现得波澜不惊。在保存汉娜"尊严"的借口下面，"我"保存了自己的"尊严"。这个"尊严"是局外人的"尊严"。为了这个"尊严"，"我"参与了对罪人的谋杀，是用"原罪"去审判"原罪"。从这个意义上说，《朗读者》是我读到的关于第三帝国"第二代"

最为深刻的反思小说。作为一个小说家，我特别想补充一点，作为"文革"的第二代，我认为，中国文学关于"文革"的书写不仅不应当草率地结束，而应当重新开始。有些事你是不可以推给商人和民工去做的，它必须由作家来做，起码，作家应当参与来做。经历和参与绝对不是一码事，它们的区别和左手与右手的区别一样大。

　　正因为如此，我在阅读《朗读者》第三章的时候没有了任何错觉。它不可能是别的什么，不是，它是《朗读者》，只能是《朗读者》。它是庄严的，却又是柔弱的。因为柔弱，显得抒情了。其实第三章并不抒情，但是，我是那样地被打动。在第三章里，"我"这个"朗读者"开始了他的再一次的朗读，他把一捆又一捆的磁带邮寄到了监狱，这是顺理成章的事，让我动容的是第三章的第六节，就在第一节，施林克写道：这是一种时而喋喋不休，时而沉默寡言的交流。当交流进行到第四年时，从监狱来了一纸问候："小家伙，上一个故事特别好！谢谢！汉娜。"文盲汉娜会写字了，如果小说就在这里结束，我想，合上书之后我会流泪。事实上，我的泪并没有流出来，因为小说并没有结束。我相信了莫言对我说过的一句话："最好的小说一定是叫人欲哭无泪的。"是。反思是了不起的，忏悔是了不起的，然而，如果这一切都离开了日常性，或者说，只局限于精神而不能构成日常行为，这种"了不起"只能是"理论上"的。《朗读者》最惊心动魄的地方就在于，当监狱把汉娜要出狱的消息告诉了"我"之后，换句话说，当出狱后的汉娜有可能成为"我"日常生活中的麻烦的时候，"我"畏惧了。作者对"我"在这个时候的内心描绘显示出了一个好作家的残酷。汉娜还是在出狱的当天早上自杀了，我想，她真的是为了尊严而死的。

　　好作家常常是不道德的。即使泪水已经到了读者的眼眶了，他也不愿意让你痛痛快快地流下来。我只能说,这是一种职业道德,除非你愿意违背你对人性的基本认识,愿意违背你对人性的基本判断。好作家的手不可以抖。你一定要抖,可以,你把笔先放下来。等抖完了,再把你的笔拿起来。

《朗读者》,一本没有让我流泪的书。

(2015年6月收入作者散文集《写满字的空间》)

我的野球史

南京河西的上新河地区，有一个楼盘，叫"御江金城"，这是央企"五矿地产"开发的一个小区，它的前身叫"南京特殊师范学校"。一九八七年至二〇〇〇年，我在这里踢了十四年的野球。十四年，我没能成为球星，也没有挣到一分钱的工钱，但我也有收获，那就是一身的伤。

想起来了，刚到南京的时候我还留着长头发，那是我作为一个九流诗人所必备的家当。九流诗人同时也热爱踢球，当然了，是野球。在我沿着左路突破的时候，我能感到我的头发在拉风。一事无成的人格外敏感，头发在飘，风很滑，这里头荡漾着九流诗人自慰般的快感与玄幻。

什么是野球？有很多进球的足球；什么是职业足球？进一个球比登天还难的足球。是的，正规的球门宽七米三二，高二米四四，它的面积差不多有十八个平方米。想一想吧，相对于身高不足一米八，同时又不会鱼跃扑救的业余门将而言，十八平方米太过浩瀚了，足以容得下所有的灾难。马德里的足球记者是怎么说的？"比星期一晚上妓女的裆部还要空洞。"

野球没有战术，没有纪律，没有 442 或 4132。虽然上场之前我们也装模作样地制定一套阵形，但是，到了拼抢的时候，一切都变形了。我们其实就是鱼池里的鱼，球呢，它是鱼饵，球在哪里我们就挤在哪里，一窝蜂了。野球很丑，全凭速度和体能。野球是一种丛林的足球。

但"丛林足球"也许更文明。它的文明来自没有裁判。人其实都有道德感的,所谓的道德感说白了就是压力。明明没有裁判,你要是犯规了还不主动停下来,那你这个人"就没意思了"。为了让自己还有下一次踢球的机会,你首先要做的就是让自己"有意思"。你要真的"没意思"了,那也无所谓,但是,不会有人给你传球的,哪怕你处在一个极好的位置上。道德从来不是一个什么玄妙的东西,它是参与者所建立的公正与公平。这是必需的。道德并不先验,它与利益同步,有利益就自然有道德。你遵守道德也不是因为你高尚,是因为你有监督。这个监督者就是你的对手,对面的那十一个人。谢天谢地,监督者的数量与你的利益主体永远一样多,反过来也一样。

赢球的滋味真的很好,这个滋味是形而上的。你什么都没有得到,没有奖杯,没有奖金,你所拥有的全是空穴来风的喜悦,"赢了",你仅仅得到了这么一个概念。输球的滋味则太烂了,这个滋味高度形而下,和奖杯无关,和奖金无关,就是天黑了。暮色苍茫,天就那么黑了——你会像渴望约会一样渴望明天。

我的球友里头怎么突然就多出一个聋哑人了呢?对了,他很可能是学校里刚刚录用的一位打字员。他并不健壮,球技也不怎么样。可是,仅仅踢了一场球,我在"手心手背"的时候就坚决不找他了。道理很简单,如果我和他"手心手背",那就意味着我们只能是对手。——我渴望他能成为我的队友。

他听不见。可我看得见他坚硬而又磅礴的自尊。如果你断了他的球,那么好吧,你这个下午就算交代了,他会像你球衣上的号码那样紧紧地贴着你。为此,他不惜舍弃球队整体的利益,就为了和你丫死磕,——喊不住的,喊了他也听不见。如果需要,他可以贴着你，从星期五的傍晚一直跑到星期一的凌晨；如果你还需要，他也可以贴着你，从南京的河西一直跑到乌鲁木齐。这是可能的。

我要承认，我对残疾人自尊心和责任心的认知大多来自这位失聪的球友。我在不知情的情况下断过他的球。他给我的教训是毁灭性的，我要说，自尊与责任是一种很特别的体能，像回声，你的没了，他的准在。我被他纠缠得几乎要发疯，他能让你的神经抽筋。他是"神一样的队友、狼一样的对手"。当他拽着你的球裤的时候，你恨不得把球裤脱下来，送给他，然后，光着屁股摆脱他的缠绕。——说到底，我踢球也不是为了赢得那个叫"大力神杯"的金疙瘩，是为了爽。他让我太不爽了，别扭死了。你不能说我多爱残疾人，但是，残疾人永远值得我尊重。他的价值是不言而喻的，事实上，每一次"手心手背"的时候，所有的人都渴望得到他。只要能有他，对方突前的那个前锋基本上就"死屄"了。

一九九二年，我来到了《南京日报》。那时候南京市有一项业余赛事，也就是"市长杯"足球赛。我一共参加过四届。我至今还记得第一次上场的场景。三个穿着黑色裁判服的国家级裁判把我们领向了中圈，旁边架着一台江苏电视台的摄像机。一九九二年，我二十八岁，正是踢球的黄金时光。可是，第一场比赛我只打了五分钟。是我自己要求下场的。我跑不起来了。因为是第一次参加这个级别的赛事，我紧张得必须用嘴巴做深呼吸。从此我知道了，体能不是体能，也是心理。是的，如果因为紧张，开赛之前你的心率就已经达到了每分钟一百四十次，那你心脏还能有多大的负荷空间呢？自信有自信的机制，它不会从天而降。它和你的认知有关，和你切肤的生命实践有关，一句话，和你所承受的历练有关。所以我说，承认恐惧是成为一个男人的第一步，你必须从这里经过。没有恐惧作为基础的自信只适用于床笫与客厅，它只是虚荣，虽然虚荣很像诗朗诵，可它永远也上升不到可以信赖的地步。

在 NBA 打了一个月之后，姚明告诉记者："我找到呼吸了。"我喜欢这句话。它配得上姚明二米二六的身高——这里头有巨人所必备的坦荡与诚实。

（2015 年 6 月收入作者散文集《写满字的空间》）

在人民文学出版社编辑部

这是乡愁么？当然不是

大概是在去年，就在春节前，有一位记者给我打来电话，询问我有关"乡愁"的事，他说他要做一个关于"乡愁"的版面。我是这样告诉他的，如果我生活在北京或者纽约，我也许有乡愁，但是，生活在南京，我真的没有乡愁。结果呢，一些情感丰富和道德高尚的读者就不高兴了，晚上健身的时候，一位"健友"甚至堵在了我的面前，质问我"为什么没有乡愁"。我不知道如何作答。——我没有"乡愁"冒犯了你什么了呢？我还想知道，一个人是不是有了"乡愁"就伟大、光荣、正确了？如果是这样，我愿意找来一面绿色的旗帜，上面写上"乡愁"两个字，然后，举起我的拳头，大声地宣誓：为伟大的乡愁而奋斗终生。

我没有乡愁，这是真的。我的父母都健在，离我只有两三个小时的车程。有空的时候我回老家去看望他们，他们有空了也可以到南京来住上几个月。即使是分开的，我们随时可以通电话。江苏是我的家，我就生活在南京，一个生活在家乡的人为什么要有乡愁呢？我当然知道这句话有它的漏洞，乡愁的道德家们也许会犀利地指出：作为一个乡下人，你难道就没有自己的故乡么？

说起故乡我总是很犹豫，有时候甚至有些痛心。虽然我出生在苏北的乡村，但我没有真正意义上的"故乡"。我的父亲是一个来历不明的人，后来做了我爷爷的养子。不幸的是，因为历史的原因，我的爷爷在他不到36岁的那一年就被"处决"了，连他的尸骨都没能找到。更加不幸的是，1957年，也就是我的父亲23岁的那一年，他成了右派，被送到乡下劳动改造去了。他劳动改造过的地方有棒徐村、东方红村、陆扬村、陆王村，对了，还有一个中堡镇。——故乡，你在哪里呢？而乡愁，亲爱的，你又该在哪里？

在我的童年时代，一到清明节，我的小伙伴们就欢天喜地了——他们要去上坟。在一个孩子的眼里，上坟是一件神秘的事情，当然也是有趣的事情。但是，这一切都和我无关。我只能站在巷口，望着他们远去的背影，无限地怅然。这算不算乡愁呢？这当然不算。

一个爆炸性的消息终于在2015年的清明前传来了。这一年我51岁。父亲通知我说，今年的清明节要回来，去上坟。

老实说，我吓了一大跳。我非常清楚，父亲所说的"上坟"意味着什么。这个话题他在我的面前已经回避了51年。父亲是通过怎样的艰难或怎样的机缘找到爷爷的呢？我不知道，也不想知道。但对我来说，这个结果比什么都重要，它开启了我年过半百之后的新篇章。

就在2015年清明节的前一天，我终于站在我爷爷——也就是父亲的养父——的坟前了。四周站了一大堆的亲人们，都不姓毕，姓陆。按照辈分，许多六七十岁的陆姓老汉都叫我"叔叔"。我真的很别扭，有一股说不上来的压抑。我当然没有流泪，只是问我的父亲："爷爷死的时候多大年纪？"父亲说："36岁。"我的心脏拧一下，很难受。我和父亲再也没有说话。

爷爷姓陆，父亲姓毕，而我也姓毕。这里头经历了多少不堪回首的日子。我们把这样的日子叫作生活，正规一点的说法则是历史。但是，无论是生活还是历史，就这么过去了。除了一座小小的坟墓，我什么也没有看见，挺好。

儿子今年就要去国外读书。回到镇上的时候，我对孩子说："这里就是你的故乡，兴化市，东鲍乡。"孩子说："知道了。"

我同样没有对孩子多说什么。相对于我们这个家族的历史而言，我所知道的事情太有限了。但是，即使知道，我也不会告诉孩子太多——就像我的父亲对我所做的那样。古罗马历史学家塔西佗说过："丰富多彩的历史一定是不幸的历史。"我喜欢这句话，这句话只有最伟大和最仁慈的历史学家才能说得出。我渴望孩子的未来轻轻松松的、简简单单的。

从 2015 年开始，我就是一个有故乡的人了。在苏北乡野的东鲍乡，我有许许多多的亲人，每一年的清明我都会回来。作为一个年过半百的老汉，我实在是心疼那个只活了 36 岁的年轻人，尽管我必须叫他爷爷。——这是乡愁么？当然不是。

（发表于《雨花》2015 年 12 期）

向高贵的生命致敬

1987年,我还是一个23岁的年轻人,那一年我大学毕业,成了南京特殊教育师范学校的一名教师。在这里我需要解释一下,南京特殊教育师范学校的学生都是健全人,毕业之后,他们将成为残疾人的老师。作为残疾人老师的老师,老实说,我当时一点也不知道残疾人对我将意味着什么。

因为我写过小说《推拿》,许多人都有一个误解,以为我把我所认识的残疾人的故事都写进了小说,事实上不是这样。为了尊重朋友的隐私,我在《推拿》里头没有记录任何一个真人,也没有记录任何一个真事。但是,在今天,我要给你们讲两个故事,人物是真的,故事也是真的。对了,在讲故事之前,我要介绍一下我的职务,我的职务是推拿中心盲人居委会的大妈。

第一个故事是关于戒指的。我有两个盲人朋友,一男,一女,他们是一对恋人。有一天夜里,姑娘把我从推拿房叫到了大街上,掏出了一枚戒指。她告诉我,她想和她的男朋友分手,戒指是男朋友送的,她请我把这枚戒指退还给她的男朋友。我把小伙子喊了出来,把姑娘的想法转告了他。小伙子对我说,他已经感觉出来了,但是,希望我把戒指再送给女方,理由很简单,恋爱可以终止,这段感情却是真实的,他希望女方把戒指留下来做个纪念。我只能来到女孩的面前,转达了小伙子的意思。姑娘说,都是残疾人,买一个戒指不容易,请你再跑一趟,退给男方。我又一次来到小伙子的面前,经过我的反复劝说,小伙子最终接受了戒指。第二天上午,那个姑娘就消失了，我再也没有见过她。

在这里我想告诉大家，盲人都有他们的生理缺陷，他们大部分都有些自卑，他们担心主流社会的人瞧不起他们。为了补偿这种自卑，他们就格外地自尊。作为居委会的大妈，我时刻能感受到他们心底里的那种力量，这力量其实也正是生活里头最为朴素的一个原则——是自己的就是自己的，不是自己的就不是自己的。在我看来，一个人只要过上有原则的生活，他就是高贵的，这样的生命就是高贵的。我愿意向这样的生命致敬。

现在我要说第二个故事了，还是关于戒指的。我另外有两个盲人朋友，一男，一女，也是一对恋人。这一对恋人要幸运得多，他们最终结婚了。就在他们举办婚礼的前夕，小伙子找到了我，让我做他们的证婚人。在我给他们证婚之后，婚礼的司仪、江苏人民广播电台的一位女播音员，请一对新人交换戒指。小伙子拿出了戒指，是钻戒。而那位盲人姑娘也拿出了一枚戒指。现在，我想请朋友们猜猜——姑娘的戒指是用什么做的？

这枚戒指是新娘用她的头发做的。新娘是一个诚实的姑娘，她大大方方地告诉我们，她买不起钻戒，她只能用她的头发为她的新郎编织一枚结婚戒指。这位盲姑娘说，她的头发太软了、太细了、太滑了，为了编织这枚戒指，她失败了一次又一次。她差不多动用了一百个小时才算完成了她的梦想。我清楚地记得，婚礼上所有的人都流泪了，我请来的女播音员几乎泣不成声。唯一没有流泪的那个人是新娘。她仰着头，凝视她的新郎，她自豪的、倔强的、幸福的、什么也看不到的、远远说不上漂亮的凝望给我留下了终生难忘的印象。她自己也许都不知道，因为贫穷，她没有能力去购买钻戒，但是，她却为我们展示了一只最高贵的戒指。它不是矿物质，它是一个姑娘的生命,她全部的爱,因为爱而激发的无与伦比的耐心。——这个故事就发生在大行宫附近一家最为普通的路边店里,时间是 2011 年的冬天。非常遗憾,在我证婚的时候,我的《推拿》已经出版了,要不然,说什么我也会把这个场景写进我的小说。今天,我把这个故事讲给你们,多多少少弥补了我的遗憾。

在这里我特别想说遗憾。作为一个作家,我的人生几乎就是在遗憾里头度过的,我相信,在座的艺术家们都会同意我的说法。每当我完成了一部作品,无论我多用心,回过头来,都会发现有许多东西没有写进去。这个没有写进去的东西就是比小说更加广阔、比小说更加丰富的生活。可我依然是乐观的,正因为有遗憾,我们手中的笔才不会停歇,遗憾在,艺术创作就永在。

最后,我有一个小小的提议,朋友们,为了你们的健康,也为了盲人朋友有一份更好的收入,大家常去做推拿吧。

(发表于《新华日报》2016 年 1 月 28 日)

李敬泽：从"看来看去"到"青鸟故事"

2000年，我36岁，刚刚写完《玉米》；敬泽36岁，新出版了《看来看去或秘密交流》。用敬泽自己的说法说，这是"一本小书"，这本"小书"就被我放在了枕头的一边，真不记得读过多少遍了。每天晚上，当我写《玉秀》写到筋疲力尽的时候，就着枕头，我总要把敬泽的书拿起来，有时候看上十几页，有时候看上两三页，然后，神不知鬼不觉，睡着了。我的那本《看来看去或秘密交流》残破不堪，到处都是我身体的压痕。——后来它被一个法国老头带到法国去了，天知道它现在又被谁带到了哪里。这也印证了敬泽自己所说的："物比人走得远。"

——是的，"物比人走得远"。这句话在《看来看去或秘密交流》里出现过好多次。如果有一天，你在欧洲的哪一个书架上看到敬泽的那本"小书"，你一定会发现，我在"物比人走得远"这句话的旁边写过几行字。写了什么呢？那我可记不得了。

敬泽对"物"的"走"与"留"很感兴趣，也可以说，极度敏锐。这也许就是他认知世界的维度之一。我估计这句话得益于他的家庭文化，作为考古学家的后人，从"物"的"走"和"留"去观察历史的脉络、去考察人类的基本活动，毕竟是极为可靠的方法。在敬泽的眼里，"物"当然是历史，历史的绵长、丰饶、静穆感和跳跃性，时常呈现在"物"的"秘密交流"上。"物"一刻也不曾消停，它在呼啸。

但是，敬泽看"物"的眼光毕竟独特，他挑剔。我记得敬泽曾经分析过语词和（古典）诗歌的关系，他说，有些词可以"入诗"，有些词却不能。他的这个发现很容易被忽略，却是灼见。套用敬泽的说法，——有些"物"可以"入"他的历史，有些却不能。所以我坚定了这样一个看法，敬泽永远也不可能对所谓的"通史"感兴趣，他偏爱幽暗的"角落"，他偏爱幽暗的角落里那些被常人废弃的、珍稀的"边角料"。借助于那些珍稀的"边角料"，敬泽完成了他的史学"装置"。是的，敬泽的历史不钟情"架上"，他痴迷的是瑰丽的、充满了奇思异想的"装置"。我个人认为这是一件大事，——历史是可以也应该和必须百花齐放与百花争艳的。历史不是豆腐，它拒绝模板。它不会方，也不可能正。有一句话敬泽没好意思说，好，那我就替敬泽说了吧：历史是一个不正经的女性。我们可以遗忘她的一切，我们却不能忘怀她散乱的发髻，她惊鸿一瞥的眼风，她半裸的肩，她迷人的、上翘的、不怀好意的嘴角。在绝大多数时候，历史没有性别，她被粗暴的父母弄成了不男不女的东西。但敬泽告诉我们，历史有性别，她是女性。她高贵，也不正经。这个高贵的和不正经的女人什么都知道，就是不自知，她不知道自己是怎样的风韵。敬泽几乎是用生气的语调说："要了命了。驯兽员知道自己打不过狮子，所有的观众都知道驯兽员打不过狮子，只有小母狮自己不知道。嗨——，要了命了。"

然而，说起不自知，敬泽本身就是一个奇葩。他20岁就做了《小说选刊》的编辑了，他在选择他人、推荐他人的过程当中练就他的火眼金睛，然而，这双火眼金睛偏偏没有看一眼自己，他不知道自己拥有怎样的才华。——30岁之后，他勉强拿起了笔。我常想，以敬泽的资质与素养，如果他在20岁或21岁就开始为自己工作，今天的李敬泽会是谁呢？这是一个问题，一个许多人包括他自己都没有想过的问题,但是,我想过,只是从来没有对他说。敬泽在我的心里是了不起的,他是一个看得见别人的好、容得下别人的好、情愿别人好的一个人。这并不容易。借用传统的说法,他仁义。我很迷信,我很愿意把敬泽所做的一切看作他的善因,我也愿意把敬泽的今天看作他的善果。

——对了,我记得我还在另一句话的旁边写了一点东西。敬泽的那句话是这么说的:

"古罗马人的地理是想象力的地理。"

这句话让我欣喜。它很蛊惑。敬泽这个人就很蛊惑。古罗马人的"地理"是不是"想象力"的地理呢?这么严肃的问题还是交给古罗马人吧。关于历史,我是一个标准的怀疑论者,怀疑论者通常有一个自救的办法,那就是让历史怀疑演变成历史审美,——谁的历史言说能撩拨我体内的内分泌,那我就相信谁。敬泽就是一个撩拨的人,他平心静气地告诉我们,古罗马人的地理不是敞亮的"地理",而是漆黑的"想象力"。——这是敬泽特有的魅力,这是朋友们都喜欢和敬泽闲聊的根本原因。他博学,自信,假亲和,真武断。你永远也不能预知他那里会冒出什么。

关于"古罗马人的地理是想象力的地理",我有话要说。就在第二天的上午,我打开了电脑,写下了一个标题,《地球上的王家庄》,这是我的一个短篇。我清楚地记得,我写《王家庄》的时候刚刚写完《玉秀》,按计划下一部应该是《玉秧》。可我把《玉秧》停下来了。敬泽的蛊惑在我这里发生了作用,我得把"想象力的地理"好好地书写一遍。这么说吧,古罗马人的归古罗马人,敬泽的归敬泽,我的呢,嘿嘿,归我。

敬泽他对我最大的帮助是精神性的,有精神上的触动,也有精神上的抚慰，还有精神上的苛求。我想这样说，没有"古罗马人的想象力"，我就不会有《地球上的王家庄》，这是直接的。间接的就多了。老实说，我的许多作品里都有李敬泽的影子。当然了，他不知道，我不会让他知道的。我想对年轻的作家朋友说，要珍惜和李老师私下的闲聊。在他喝了二两、谈兴正浓的时候，他会挥霍他的才智，他会变成一只掰棒子的大狗熊，他到处扔，他反正也不会捡的。还有一点更加重要，你不要顺着他，你要明白无误地告诉他："敬泽你等等，这个我就不同意了。"他是老兔子，他是老摩羯，面对挑战，他来劲，他会纵横捭阖。是的，纵横捭阖，就看你会不会听了。唯一需要说明的是，挑战自然要承担挑战的后果，就看你能不能接得住了。

《看来看去或秘密交流》就是一本纵横捭阖的书。但是，我有遗憾。在许多的夜晚，在我和敬泽的私人聊天里，我一次又一次发出了疑问：你怎么就不续写的呢？篇幅不够哇。恣肆就该有恣肆的体量。和"穷波斯，病医人，瘦人相扑，肥大新妇"不相称一样，这本书和敬泽的恣肆不"相称"。我希望他能出一本和"李敬泽"相匹配的书，一本汪洋的书。他的回答永远是类似的，"哈，那个啥。——嗨，急什么呢。"

事实上我有点急。我想知道敬泽到底会做什么。

我相信许多人都"认识"李敬泽，这个"文学批评家"才华横溢，当然，才华横溢，他建立了一套"敬泽体"的文学批评和批评语言。可我知道的，他的兴奋点并不局限于文学。他的阅读量是惊人的，这个人很扎实，他实在是一个用功的人。我常说，共识最害人，共识是最接近真实的谎言，共识往往伴随着与之相应的混账逻辑。关于李敬泽，共识一是这样的，他的天分太好了——所以就可以少读书；对了，还有共识二，这个人和蔼可亲哪——所以他好通融，是个好好先生。毫无疑问，敬泽的处事有灵活的一面，甚至有敷衍的一面，但是，敬泽有敬泽的硬点子，他有他的刚性原则，那个是不好逾越的。这个习惯于礼让的家伙到了他不打算退让的时候，他是悠闲的，自乐的，彬彬有礼的和谈笑风生的，结果却一定不乐观。他当然不会怒发冲冠，他不会怒发冲冠不是因为别的，是因为怒发冲冠实在不优雅、不好看。"好看"是这个人的大事。他有两句口头禅，"做人要好看"，"吃相要好看"。——对了，写作也要"好看"。我可以负责任地说，他的文本一直"好看"，你永远也读不到他公开发表的、署名的篇章是敷衍的。在私底下，在夜深人静的时刻，每当说他说起"难看"的文本和"难看"的语言时，他鄙夷的神情真的能杀人。关于文本，千万不要相信李敬泽的"宽容"。他这样的人怎么可能"宽容"？——他的"宽容"来自他的身份和职业，绝不是他本人。基于斯，他对自己无限地苛刻。他是这样的动物，冲到野外他是一匹马，关在家里头，他是一只静卧的虎。

我当然想知道老虎要干什么。

第一次读完《看来看去或秘密交流》，我问了费振钟一个问题："这到底是一本什么书呢？"费振钟有一个习惯，当他表达重要意见的时候，他习惯于盯着自己的脚尖。2000年冬天的某个午后，费振钟的屁股顶着一张办公桌，不停地蠕动他皮鞋内部的大拇指，说："不好说。这个人不可小觑。"

关于"不可小觑"，我记得我和费振钟召开了一个研讨会，就两个人。是关于文体的。抱歉得很，两个人的研讨至今都没有成果。——当一个人把考古、历史、哲学、美文和小说虚构糅合到一起的时候,这样的文本我们该如何去称呼人家呢?

最终是江苏文艺出版社的黄小初解决了我们的疑问。当年的黄副总编有一个辅助性的才华,那就是用喷脏话的方式来解决学术问题。——"妈了个×的,写得太好了,花团锦簇,这个鸟人,妖哇。"说李敬泽的语言"妖",原创是如今的黄社长。

毫无疑问,站在2017年的门槛上,再来讨论《看来看去或秘密交流》的文本问题和语言问题显得有些冬烘。现在,李敬泽做了补充,一本与李敬泽"相称"的大书已然放在了我的案头,那是《青鸟故事集》。封面是白底黑字。青鸟的"鸟"做了变异,中间的那只瞳孔演变成了一对翅膀,它凝固,在积聚爆发。

我却听到了回响:"哈,那个啥。——嗨,急什么呢。"

16年过去了,回响穿越了时空,依然是敬泽的风格。——淡定,圆融,慢悠悠。语调是慢的,脚步是慢的,烟斗上方袅袅的烟雾是慢的,还有围巾的两道流苏,在风中,它的纷飞是慢的。

我不会那么不要脸,说这本书的出版是因为我的催促,事情不可能是这样。但是,我欣喜,这本书终于从小众走向了更加宽广的空间。我把这本书捧在了手上,一页一页地翻阅。实在是太熟悉了,那种不依不饶的、后浪推涌着前浪的李氏腔调。

我想我不会再说"物"了,也不会再说"地理"了。就在上一个星期,我们的老寿星安安稳稳地度过了他53岁的生日,明天呢,兄弟我则满打满算53岁矣。到了这个年纪,我想我该说一说"历史"了。

由于家学的缘故,敬泽在史学上有底子。如果不是他就读于北京大学的中文系、供职于《小说选刊》和《人民文学》的缘故,我估计他会成为一名出色的史学家。然而,即便命运做了别样的安排,他的基因里依然保持了与历史对视的癖好与冲动。他的方法论不是钻故纸堆，不是考古挖掘，也不是田野调查，是什么呢？我想把一句话送给敬泽——

李敬泽的历史是个性审美的历史。

历史本身究竟是怎样的，我想敬泽也许并没有多大的兴趣，虽然这些年他一直在研读二十四史。如果我的估计不算离谱，敬泽十有八九也是一个历史的怀疑论者；如果我的估计依然不算离谱，我想说，李敬泽十有八九也是一个历史的审美主义者。

在上个世纪的八十年代末和九十年代初，中国的文学有一个短暂的主流，它叫先锋小说。先锋小说的美学趣味正是历史虚构，这个短暂的文学使命是由一大堆不相信历史的年轻人来完成的，他们说，历史不是你们所书写的那样，就让我来书写吧。这当然是一个了不起的冲动。

敬泽也冲动。这个人在骨子里冲动。他冲动的却不是历史虚构，而是历史审美，是历史的"美学化"与"文学化"，是历史的"言说"。他不会"研究"历史的，他只是烂漫地、青梅竹马般地与历史絮叨。他浪漫，浪漫的人对待美就有一种病态的需求，这需求最终就落实在语言的欲望上了。敬泽是这样的，——两个馒头，一碗清水，一碟咸菜，吃完了，敬泽拿起了电话："哎，两支蜡烛漂亮啊，烛光晶莹，透明。"就这意思，——语言在他的怀里烧得慌。他得自言，他得自语。他哪里是写作？他那是闷骚；是一个人把自己闷在家里，对着自己满腹的才华撒泼一样地嘚瑟。风过琴弦，兀自吟唱，雪压花瓣，兀自绽放。

他热衷的是自己的美学趣味，他热衷的是自己的李氏腔调。

凭良心说，我赞同敬泽的趣味，我喜欢敬泽的腔调。他正大，倾向于华美。对他，我服气的。

最后，作为一个和敬泽交往了二十多年的旧友，我决定爆料。我有这个资格，我也是老兔子，我也是老摩羯。

这个人绝不像大多数人所看到的那样温文尔雅，在精神上，他狂野，嚣张，这里头有他确信的美。他有享乐的冲动，这个享乐就是撒野。如果说，历史是一堆即将燃尽的篝火，敬泽恰好从一旁经过，我可以百分之百地肯定，敬泽他一定会扯断一根树枝，然后，用这根树枝把猩红的篝火洒向天空，任狂风如潮，任炽热的火星在漆黑的夜空星光闪耀。那是他精神上的焰火，他定当独自享受并独自逍遥。

友情提示，在敬泽撒泼之前，他会把好看的衣服先脱下来，他不会弄脏自己的。等疯够了，他将再一次披上他的华服；他会从另一棵树上取下围巾，挂到脖子上去，校正好左右的比例关系，十分好看地迈向远方。——那里有一个文学新人的新书发布会，"李老师"得过去了。都等着呢。

2017 年 1 月 18 日南京龙江

（发表于《当代作家评论》2017 年 3 期）

我的阅读从仰望星空开始

有一个词曾经很时髦,叫"仰望星空"。这个词高端极了,它来自康德。中国人特别能起哄,差不多就在一夜之间吧,我们都成了康德了。

画面似乎是这样的:天一黑,十三亿康师傅共同做起了相同的动作:一边数钱,一边"仰望星空"。在我的童年和少年,家里很穷。穷人家的夏夜如何纳凉呢?在露天的大地上铺几张草席,一家人就像咸鱼那样躺开了。

因为躺着,目光也无处投放,只好对着夜空发呆。对了,我想起来了,我的童年与少年无限地高冷,每一个夜晚都在"仰望星空"。

星空真的是太浩瀚了。因为无以复加的单调,因为无限壮阔的虚无,它震撼人心。穹形的漆黑笼罩着我们,数不尽的窟窿在我们的头顶闪烁。

我就想啊,夜空如果是一块烧饼该有多好啊,星星像芝麻,会很香。但我必须承认,我把能吃的都想遍了,唯独不知道什么叫"仰望星空"。

父亲也在"仰望星空"。终于有那么一天,他懒洋洋地对我说,飞宇啊,我给你讲故事听吧,我说一句,你跟着说一句:郑人有且置履者,先自度其足,而置之其坐。至之市,而忘操之。已得履,乃曰:"吾忘持度!"反归取之。及反,市罢,遂不得履。人曰:"何不试之以足?"曰:"宁信度,无自信也。"

后来我当然知道了,父亲的"故事"来自《韩非子》,也就是所谓的《郑人买履》。我"阅读"的第一步居然是从"买鞋子"这里迈出去的,也是天意。唉,那个郑人居然"相信尺子"而"不相信自己",太愚蠢、太可笑了。

比较起来我就聪明多了,我告诉我的父亲,"自己"以外的东西都不可信。父亲很高兴,如果他的胳膊足够抽象,他一定会从宇宙里取出芝麻烧饼,一股脑儿奖励给他的儿子。

不幸的事情发生了。我们村有一个小伙子,他要"去上海"了。对于我们这些村子里的小孩来说,上海可不是一个"地方"。它在天上,类似于雨夜的"星空",即使仰起脑袋你也不一定能看得见。我的母亲拉着我,一起找到了那个即将奔赴上海的小伙子,她要请小伙子替她"带"一双鞋。

不幸的事情就这样来到了要紧的关头。在我看来,母亲的做法太危险了,属于"唯心主义"。你自己不去上海,还想买鞋,你不是愚蠢的"郑人"还能是什么?

我估计,母亲一定会找来一根稻草,量好脚的长度,然后,掐了,再让小伙子把这根稻草带到上海去。——就算是这样,小伙子要是遗忘了这根稻草该怎么办呢?他要是一不小心把这根稻草给弄断了该怎么办呢?《郑人买履》可是说得明明白白的:"及返,市罢,遂不得履。"

母亲却没有掐稻草。她错上加错,只是对小伙子说了一个数字,小伙子就说了:"陈老师你放心。"小伙子真是晕了头了,什么都没有,你怎么能让人"放心"呢?愁云就这样笼罩了我的童年。

十多天之后,是下午,小伙子胜利归来。就在我们家的家门口,母亲把鞋放在了地上,穿了进去。她十分满意地告诉小伙子:"一脚上。"我所说的"不幸的事情"指的就是这个场景。我所担心的一切都没有发生。我亲爱的母亲,我们家里的"郑人",她就这样把鞋子给买回来了,还"一脚上"。

荒唐啊,荒唐,就在我的眼前,"自己"以外的东西硬是"可信"了。这是为什么?谁能告诉我?我仰起了脑袋,满天的星斗都他妈死光了。说了这么多,我其实想说的是另外的一件事。

我是 NBA 的球迷。在 NBA,除了乔丹、科比那样的天之骄子,我还喜欢一个运动员,那就是莫宁。莫宁经历过大不幸,他的一只肾脏坏死了,医生说,必须切除。

莫宁接受了这个残酷的事实,在后来的岁月里,他 gone with the wind。可突然有那么一天,NBA 的官方消息说,莫宁复出了。老实说,我被这一条消息吓了一大跳。他怎么可能复出呢?在我的眼里,一只肾的男人等同于残疾。不要说 NBA,中学生篮球的强度他都不能对付。

莫宁说,他复出的理由是医生的数据。医生告诉莫宁,莫宁的一切生理指标,也就是"数据",也就是那个该死的"度",完全恢复到健康人的水平了。这一来莫宁复出的理由就极其简单:作为职业球员,既然数据证明了他的健康,他就必须回到赛场。

在莫宁复出这件事面前,我想,有一件事情是可以讨论的,那就是文化差异。在我们这一头,支撑一个"被切患者"的依据其实就是中医文化,它的精髓是所谓的"静养"。

不得不说,这里的"静养"并不具体,它含混、笼统、抽象、游移。何为"静"?怎样的尺度意味着"静",慢跑?快走?站着?坐着?盘着?躺着?不好说了。唯一可以作为凭据的只能是当事人的"感觉"。说白了,也就是他自己。外在的一切都不算数。

郑人买了一双鞋,附带着说了一句话,"宁可相信数据,也不能相信自己"(宁信度,无自信也)。就因为这句话,可怜的"郑人"成了我们这个民族的千古笑柄。为了避免愚蠢,我们的明白人和我们的聪明人一起达成了这样的文化共识和历史共识:"宁信度"很搞笑;"无自信"更可耻。

所以,相信自己吧,赶紧地。至于"度",也就是"数据",那就是个儿戏,假的不可信,真的不必信。

(发表于《时尚芭莎》2018年4月上)

我们是改革开放的成果

改革与开放的故事开始于 1978 年，它有一个标志，那就是十一届三中全会。那一年我 14 岁，在苏北的乡村。实话实说哈，14 岁的乡村少年并不知道远方的会议，也不懂得关心中国的未来。

突然有那么一天，我们小镇的轮船码头上走出了一个年轻人，刚一出现，这个来自城市的年轻人就引起了我们的围观，他的身上穿了一条惊世骇俗的裤子，后来，人们把那样的裤子命名为喇叭裤。我想强调一下，引起我们围观的不是那条裤子开阔的裤脚，是上面，是瘦身的、紧绷的、线条流畅的屁股。我们都有屁股，由于观念的缘故，我们对身体的那个部位充满了羞耻感。为了掩饰这种羞耻感，裁缝们在我们的裤子上做足了文章，他们能做的事情只有一个，尽一切可能去遮掩，而不是相反。即使在夏天，我们也不用"短裤"这个概念，我们一律把当年的短裤叫作"大裤衩子"。大裤衩子的精髓就在它的大，这个"大"成功地遮蔽了那些令人不安的线条。

终于有一天，还是在我们小镇的轮船码头上，我们在围观另一条喇叭裤的时候有人说了这样的一句话："城里人的屁股真是好看哈。"再后来，关于屁股，一个崭新的、文明的、优雅的概念在我们的生活里出现了，我们的屁股原来不是屁股，它叫臀部。

一条裤子的裁剪并不神奇，它微不足道。真正神奇的东西在裤子的内部，也就是我们的身体。事实上，我们的身体并没有任何的变化，但喇叭裤所带来的是我们对身体的认知：我们的身体是人类文明最伟大的成果，它不仅仅不可耻，它还代表了人类的尊严，它还散发出人类的光芒。

在我的青春期即将结束的时候，我终于穿上了喇叭裤。我像一个敬业的清洁工，每一天都在打扫路面的灰尘。它说明了一件事，即使是一个乡下的年轻人，他也学会用人类的、审美的眼光来看待自己的身体了。换句话说，一个乡村的年轻人也有他的观念，他的观念在潜移默化。伴随着改革与开放，尤其是开放，他的观念革新了，文明了，他可耻的屁股最终变成了漂亮的臀部。改革开放送给我的第一份礼物就是让我学会了自豪。为美好的身体自豪，为宝贵的生命自豪。

说起观念，我们就必须要阅读。我的父亲和母亲都是乡村教师，然而，除了课本和大家所熟悉的那几本书之外，我们家可以被称作图书的，也只有鲁迅的几部作品。我从小就是一个热爱新华书店的孩子，可新华书店和我的家一样，也是贫瘠的。有一天，我在新华书店的书架上看到了一个名字，他是普希金。然后，另一个名字出现了，他是雨果。他们的名字我曾经听我的父亲说起过，但是，听说和阅读是两回事。阅读是面对面的，它所带来的则是精神上的触动，这是改革开放送给我的第二份礼物：它使我学会了一件事，在精神上寻求并建构起对话的关系。通过这样的对话关系，变更自己的精神结构，让自己的精神世界更加兼容。要我说，改革开放的要义就这里。

接下来的几年，就在我读大学的时候，新华书店里头的故事引人入胜了，一个又一个崭新的名字出现在了我们的面前，弗洛伊德、萨特、黑格尔、康德、恩斯特·卡西尔、罗伯特·迈耶、保罗·萨门、苏珊·朗格、维科、沃林格、格罗塞，当然，还有波德莱尔、博尔赫斯和马尔克斯。通过与他们的对话，我长大了，成了一个合格的、遵纪守法的公民。

——知道自己是一个公民，清楚自己的权利，明确自己的义务，这是改革开放送给我的最大的礼物。这也许是改革开放送给每一个中国人的礼物。

我还想在这里谈一点改革开放和我的专业。

刚才我提到了马尔克斯。在座的都知道，他写过一本具有划时代意义的小说，叫《百年孤独》。它的开头是这样的："多年之后，奥雷连诺警长站在行刑队的面前，一对会记得他的父亲带他去看冰块的那个遥远的下午。"可以说，这是文学史上最具有划时代意义的小说开头。它和时间有关。关于时间，我们都知道一件事，一点之后是两点，五号之后是六号，九月之后是十月。时间有它的秩序，时间像箭头一样具有方向性，它是矢量。换句话说，如果我要描写一个家族七代人的故事，我必须从第一代开始写起，然后，第二代，第三代，按一代人一本书这样的写法，《百年孤独》应当是七本书。马尔克斯说，不。马尔克斯说，小说也可以有另外的一种写法，一本书就足够了。马尔克斯发明了一种全新的叙事观念，在一个句子里头，同时涵盖了现在、过去和未来。我想说，马尔克斯带来了小说革命，七本书变成了一本书。这就是小说经济学，最大限度降低了小说的叙事成本。我们节省了大量的纸张，节省了大量的阅读时间。这一次的小说革命是以一个观念的变化作为前提的，也就是时间的观念。时间它不是矢量，它没有方向性，时间它仅仅是一个标量。

我想说，在马尔克斯出现在我们的新华书店之后，我们的汉语小说经历了一场深刻而又广泛的变革。可以这样说，如果改革开放晚来20年，整整一代的中国文学就不可能抵达现有的高度，莫言就不再是今天的莫言，余华就不再是今天的余华。我们这一代人是幸运的，我们遇上了改革与开放，尤其是开放。我们是经历者，我们是见证者。其实，我真正想说的是，我们本身就是改革与开放的成果。我们热爱物质上的丰富，我们更痴迷于精神上的多元。

我今年54岁，改革开放的每一天都发生在我的身边，我整整看了40年了，一天也没有落下。保守一点说，在中国，和我一起把过去的40年都看在眼里的普通人最起码也有三个亿。我想说的是，当三亿双眼睛紧紧盯着一样东西凝望40年的时候，它会带来巨大的意义——

我们的眼睛其实已经不再是眼睛了，它直接就是精神，它直接就是灵魂。它有选择，它会判断。这是何等地可喜可贺。现在，这双眼睛——也就是改革开放的成果——就长在我们的身上。如果你现在和我开玩笑，说我们的身体是令人羞耻的，我想我不会拿一条大裤衩子来做我的遮羞布。我只会开心，并感谢你的玩笑，因为我们都知道——

和目光的不可逆一样，我们的精神与灵魂也是不可逆的，它必须、只能朝着更加文明的地方而去。生命的共识在此，生活的魅力在此，活着的意义在此，人类的高贵亦在此。

感谢上海，这片改革开放的热土。感谢你们在如此重要的时刻邀请我来到这个如此重要的地方，在这里，我充分表达了我的心声。非常高兴，非常感谢。

2018年8月15日于上海
（本文为作者在2018上海书展暨
"书香中国上海周"开幕式上的演讲。
发表于《解放日报》2018年8月24日）

阿多尼斯的朗诵会

2012年5月的一个周末，是上午，我正在罗马的街头闲逛，和我一起闲逛的是罗马第四大学的汉语老师罗斯。我对她说："你这名字不怎么样，中国北方的村姑嘛，类似于红艳或翠花。"她说："我知道。"我说："你也别罗斯了，我就叫你翠花吧。"她说："必需的。"

这时"翠花"的手机响了。她接听手机的同时瞥了我一眼，直觉告诉我，这个电话和我有关。等听完了，她把手机握在手上，很遗憾地望着我，说："逛不成了，现在就送你去火车站。"

电话是威尼斯打来的，电话的那一头要求我下午5点之前"必须"回到威尼斯。附带说一句，我是从威尼斯偷偷跑出来的，目的只有一个，用两天的时间好好看看这个不是用一天建成的城市——什么事"必须"让我回到威尼斯呢？

还是先说一点别的吧。我是作为"威尼斯博物馆联盟"的客人来到威尼斯的，为期一个月。我的工作就是每天参观威尼斯的博物馆。当然，每年的5月，威尼斯还有一个作家节，我需要参加他们的一两个活动。事实上，在我抵达威尼斯的当天，威尼斯方面就给了我一张时间表，所有的行程都交代得清清楚楚。可我是一个来自中国的乡下人，有几个乡下人是按照时间表过日子的？那还活不活了？我们乡巴佬儿有我们乡巴佬儿的生活方式，那张行程表也不知道被我混到哪里去了。如果日程表还健在，我断不可能答应"翠花"去罗马的。现在好了，给抓回来了。

作家节的开幕式安排在一个疑似教堂的大厅里。大厅很古老了,巍峨、肃穆、庄严,正上方有一个穹顶。也许就是一个教堂。7点不到,大厅里就挤满了人。我这是干什么来的呢?好不容易等来了威尼斯大学的那个法语教授,吧啦吧啦吧啦,她高高兴兴地说着。在我看来,她的高兴是夸张的和盲目的。我想把她的表情翻译一下:你到底还是赶回来了,好!

阿多尼斯就是在法语教授吧啦吧啦的过程中走进大厅的,他们是一个长队。一共有十来个人。一看到阿多尼斯,我当即明白过来,是作家节开始了。从后来的进程来看,所谓的开幕式,其实就是阿多尼斯的诗歌朗诵会。

7点整,所有的灯都灭了,大厅里一片漆黑,除了台上的那盏射灯。射灯照亮了舞台中央的麦克风,它修长、孤独。与此同时,大厅静穆了,鸦雀无声。我们来到了宇宙中心。

威尼斯大学的法语教授上台了,她站在了射灯的下面。她开始讲话,用的是法语。我能听懂一个单词:阿多尼斯。我想起来了,阿多尼斯平日里是用法语的。我想,这就是诗人的力量,或者说是诗的力量。在某种特殊的场合,为了你,所有的人都可以放弃自己的母语。

阿多尼斯登台了。没有人鼓掌。鸦雀无声。阿多尼斯矮小和肥胖的身躯在往上走,先是黑暗的,后来明亮的。他开始朗诵,音色沙哑。我确定,那是法语。钢琴响了起来。也就是四五句吧,阿多尼斯右侧的射灯也亮了,灯光小心、谨慎,是那种经过多次彩排后所选择的亮度。射灯的下面有一张写字台,一个男人正在那里书写。他戴着白色的手套,动作非常非常慢。写好了,便把桌面上的纸张拿起来,开始卷,卷成一个圆筒,然后,递到了一个小姑娘手里。小姑娘的手上也戴着白色的手套，我估计是威尼斯大学的学生。然而，此时此刻，她不再是大学生，而是古希腊的女祭司。白裙，无袖，长下摆。下摆上全是讲究的褶皱。我转过脸去，突然看见大厅右侧的过道里站立着许多古希腊的女祭司，她们的着装是统一的，白裙，无袖，长下摆，相隔五六米一个。她们在传递，像传递火炬那样，一个一个地往下传。

惊人的一幕终于出现了。大厅的顶部突然亮了，地面的一盏射灯把阿多尼斯的诗句投在了穹顶上。射灯在旋转，阿多尼斯的诗句就开始在宇宙的边沿蔓延，像天体在运行。那些字都变形了。变了形的文字相当诡异，已经不像文字了，具备了辐射或流散的迹象。我确信，所有的人都仰起了脑袋，正如康德所说的那样，在仰望星空。作为一个中国人，我只是奇怪，没有人鼓掌，没有爆发雷鸣般的掌声。这是宇宙的深处，阒然无声。我唯一能听到的只是阿多尼斯沙哑的法语。我承认我有了错觉，像失重，有点飘。我微微有一点恐惧。

我参加过许许多多的朗诵会，我要说，让我飘起来的，就这么一回。阿多尼斯当然不是神，也没有人造神。阿多尼斯是我喜爱的诗人，到此为止。感谢阿多尼斯，在威尼斯，他让我看到了诗歌的辐射，当然，还有迷人的流散。

阿多尼斯后来就从台上下来了，有些疲惫地和我们握手。在和我握手的时候，他没能把我认出来。我们在北京见过的，我记住了他，他把我忘了，就这样。我想我这一辈子都不可能遗忘他。就算我把他忘了，我也能记得他的诗——

向我袭来的黑暗，让我更加灿烂。

（发表于《雨花》2019年2期）

艰难的酒事

我们一家都没有能喝酒的人，等我结了婚，生了孩子，家里还是没有人能喝。这么说吧，在我们家，即使是大年三十，餐桌上也见不到酒。有一年的除夕，我对我的父亲说，我们也喝一点吧。老父亲豪情勃发，说，那就开一瓶。我们真的喝上了。一瓶酒我们俩当然喝不完，喝不完那就放下。一眨眼，第二年的除夕又来了。我想起来了，去年的那瓶酒还在呢，于是，我和我的父亲接着喝。我们这一对父子在两个春节总共喝了多少酒呢？最终的答案还是贾梦玮提供给我的。他把那瓶残酒拿在了手上，晃晃，说，起码还有六两。别起码了，就六两吧。我愿意把这个无聊的故事演变成一道更加无聊的算术题：一瓶酒10两，二人均分，喝了两次还剩下6两，问，一人一次几两？

虽然酒量不行，可我父亲喝酒的姿态却有些优雅。在他端起酒盅的时候，通常都是使用大拇指和中指，这一来他的食指、无名指和小拇指就会呈现出开放的姿态，绷得笔直，分别指向了不同的方向。在飞机上，我和昆剧武生柯军先生聊起了各自的父亲，我就把父亲端酒的动态演示给了柯军，当然是说笑话。这位昆曲名家没有笑，却点点头，说，对的。我说，什么对的？柯军说，拿酒的动作。柯军说，舞台上的兰花指最早并不属于女性，它来自男性。在"很久很久以前"，有身份的男人参加宴会必须有模有样地端酒，否则就粗鲁了，就失礼了——兰花指就是这么来的。也对，一滴酒的背后是一堆粮食，一堆粮食的背后是广袤的土地。酒是大地的二次方，端起一杯酒其实就是托起一片风调雨顺的大地。它需要仪式感，它需要敬畏心。把手指摆成兰花的姿态，是必需的。

父亲把他局促的酒量传给了我。因为不能喝，我对酒席上的枭雄极为羡慕，说崇拜也不为过。17岁的那一年，我看到了罗曼·罗兰对克利斯朵夫的描述，他描述了克利斯朵夫在巴黎的一场酒会——年轻的约翰真是能喝啊，他"把各种各样的颜色倒进了他的胃"。17岁的年轻人喜欢上了这句话，赶紧抄在了一张纸上。这里头有他人生的期许——什么是天才的豪横、淡定、硕壮、帅、不可一世和谈笑间樯橹灰飞烟灭，"把各种各样的颜色倒进了他的胃"。酒纳百杯，有容乃大。一个人的壮丽与浩瀚是可以喝出来的。

6年之后，17岁的少年24岁了。那是1988年的夏天，他去了趟山东。先去的高密，看过了"红高粱"，然后，豪情万丈，点名要喝"高粱酒"。很不幸，他没能把"各种各样的颜色倒进了他的胃"。热菜还没有上桌呢，他就冲出了堂屋，把"各种各样的颜色"倒在了天井，如数家珍。他抱住了围墙，可该死的围墙怎么也搂不过来。他的胳膊借不上力，这让他气急败坏，一桌子的人还等着他上热菜呢。第二天，他醒来了，就此知道了一件事：兄弟，你不行，不行啊。悲伤涌上了他的心头，他的人生就此少了一条腿。

我喝酒真的不行。一次又一次的大醉让我产生了恐惧。这恐惧固然来自酒，更多的却来自酒席。我上不了席，上不了。中国的酒席到底是中国的酒席，它博大精深，你是不能自斟自饮的。自斟自饮？那成什么了。你必须等别人来"敬"，"敬"过了你才能喝，当然，你也要"敬"别人。如果彼此都不"敬"，那也要有统一的意志、统一的号令和统一的行动。我们的酒席弘扬的是集体主义，讲究组织性，讲究纪律性。它和个体无关，和自我无关。"我"喝和不喝都不是问题，重点是，"我"必须为"他"和"他们"而喝。每个人都必须这样。这很好。可我难办了，如果酒席上有十个人，少说也就是十八杯——低能所带来的必然是鸡贼。我必须鸡贼，只要有人约我，我一定先问一问：多少人？有一道算术题我必须先做一做：6个人以下，也就是5个客人，$5×2=10$，可以的。如果是8个人以上，那我就要掂量。有时候其实也就是一两杯酒的事——千万不要小看了这多出来的一两杯酒，对我来说，它们是左勾拳和右勾拳。咏春大师叶问说，武术（喝酒）很简单，一横一竖。打赢了（能喝）才有资格站着（坐着）说话；打输了（不能喝），躺下喽。

我不想躺下。不想躺下那就只好耍酷：看到人数不对，我就滴酒不沾。时间久了，我发现滴酒不沾也不是一个好主意。常识是，"酒过三巡"，喝酒的人大多会兴奋，这是无限幸福的一件事，要不然喝酒还有什么意思呢。我呢，糟糕了，我的情绪慢慢地就跟不上趟了。我在众人欢腾的时刻上过卫生间的，我看过镜子。我在镜子的深处，一点也不兴奋，连基本的喜悦都没有。这么说吧，我只是处在了常态。但酒席上的常态就是异态，它另类，类似于阴险。我的"死样子"连我自己都不愿意接受——"他怎么就生气了呢？"——"究竟为了什么？"——"和谁呢？"老实说，我不知道；即使到了第二天，好心的朋友打来了电话，我依然不知道。我只能这么说，其实我已经很配合了，该笑笑，该点头点头，该鼓掌鼓掌。可是，天地良心，不能因为我喝了八两矿泉水你就让我手舞足蹈哇，要知道，平白无故地亢奋两三个小时，那太难了，体能跟不上啊。一场马拉松也不过两个多小时哎。

　　我对酒席的恐惧还有一个说不出口的点，那就是说话。在酒席上，音量偏大、抢话、语言夸张、骂娘，这些我接受。和我的"现场直播"比较起来，不知道好到哪里去了。可我不太能够忍受"单曲回放"——同样的一段话，他能重复十几遍、几十遍。我曾经遇到过一个可喜的读者，就在酒席快要结束的时候，他站起来背诵了我作品里的一个段落，然后，用慷慨赴死的劲头玩命地夸。我虚荣啊，哪里还绷得住，就笑。在我返回房间的时候，这位仁兄跟了上来，他提出了一个要求，要去我的房间"和毕老师说说话"。这个我必须答应，我还想听人家接着夸呢。虚荣必遭天谴，灾难就此降临。这位老兄一屁股坐在了我的床边，接着背诵，接着夸。特别好。可我哪里能想到呢，他背诵的永远是同一个段落，所用的赞词永远是同一番话。没完没了。没完没了。没完没了。没完没了。结果是可想而知的，虚荣抛弃了我。我去了趟卫生间，发短信："快来我房间，就说三缺一。"

　　　　　　　　　　（发表于《中华读书报》2020年8月19日）